Die Glückssucherin

Monika Pabst

Die Glückssucherin

Bibliografische Information der Deutschen Bibliothek:
Die Deutsche Bibliothek verzeichnet diese Publikation in der
Deutschen Nationalbibliografie; detaillierte Daten sind im
Internet über
<http://dnb.ddb.de> abrufbar.

© 2005 Monika Pabst
Herstellung und Verlag: Books on Demand GmbH, Norderstedt
ISBN 3-8334-3899-1

1. Kapitel

Sie hatte noch immer diesen Blick vor Augen, diesen ungemein erschrockenen Ausdruck auf seinem Gesicht, und sie hörte noch seine zaghaft klingende Stimme, welche jene drei ominösen Worte formulierte, mit denen wohl schon oft ein Unheil seinen Lauf genommen hatte: „Stimmt was nicht?" Er hatte allen Grund unsicher zu reagieren, denn noch nie war es in ihrer bald zwanzigjährigen Ehe vorgekommen, daß sie allein verreisen wollte. Und nun auf einmal, wie aus heiterem Himmel, war er mit einer Situation konfrontiert, die ihm angst machte, die ihm seine Ruhe raubte, auf die er überhaupt nicht gefaßt war. Sie tat alles, um seine Sorgen zu zerstreuen, redete sich auf ihre Arbeit in der Reha-Klinik heraus, die sie in den letzten Monaten zu sehr beansprucht habe. „Du weißt doch, die Kollegin, die solange gefehlt hat, ist wieder da, und jetzt habe ich endlich die Gelegenheit, für eine Woche rauszukommen. Ich muß einfach mal abschalten und den Klinik-Betrieb hinter mir lassen." – „Und das kannst du nur allein?" – „Ja."

Es war ein unmißverständlich klares Ja, eines von der Sorte, die keinen Widerspruch zuläßt und ein augenblickliches Verstummen herbeiführt. Sie hatten nicht mehr über ihre Reise gesprochen, die er zwar hingenommen, aber nicht akzeptiert hatte, er blieb mißtrauisch, zog sich zurück, redete mit ihr nur das Notwendigste, tat so, als ob sie die Scheidung eingereicht hätte. Und nun saß sie auf dieser Nordsee-Insel und hatte schon einen deutlichen Vorgeschmack auf das bekommen, was sie erwartete, wenn sie sich tatsächlich gegen ihren Mann entscheiden sollte. Sie war hier, um sich über ihre Lage klar zu werden, und wußte doch insgeheim, daß sie die Entscheidung, mit wem sie letztlich zusammen leben wollte, nur hinauszögerte.

Zu Hause wartete ein Mann auf ihren Entschluß, mit dem sie seit einem Jahr befreundet war. Er lebte getrennt von seiner Frau und hatte die Absicht, sie zu heiraten. Es fiel ihr ungemein schwer, sich auf ein Entweder-Oder festzulegen, denn sie war nun mal nicht der Typ, der so ohne weiteres die Sicherheit einer langen und vertrauten Ehe gegen ein unwägbares Lotteriespiel tauschen mochte. Eigentlich hätte dieser Schwebezustand für sie ruhig noch eine Weile andauern können, auch wenn ihr durchaus klar war, daß es damit eines Tages vorbei sein würde und die Verhältnisse wieder ins Geordnete und Übersichtliche drängten. Andererseits wollte sie auf ihren Geliebten nicht verzichten, auf die Gegenwelt, die er für sie verkörperte und die im Grunde eine ideale Ergänzung ihres Alltags darstellte.

Sie hatte es irgendwie gespürt, vor genau einem Jahr, als sie ihn auf dieser Faschingsfete kennenlernte, daß er aus einer anderen Welt kam. Beide sprachen sehr schnell über ihre Berufe, und als sie hörte, daß er Bildhauer sei, paßte das so wunderbar in ihre Vorstellung von ihm, daß sie alles dransetzte, ihn in ein längeres Gespräch zu ziehen. Was gar nicht so einfach war, denn immer wieder zogen Leute an ihnen vorbei, die ihn begrüßen oder Frauen, die mit ihm tanzen wollten und die er auf später vertröstete. Die meisten waren wohl miteinander vertraut, und im Gegensatz zu ihm kannte sie nur Katja, ihre neue Freundin, der sie diese Einladung zu verdanken hatte. Durch Katja lernte sie auch Viktor kennen, sie übernahm die Vorstellung am Buffet, und natürlich ließ er es sich nicht nehmen, ihren Beruf durch den Kakao zu ziehen, indem er gewollt ernsthaft fragte, ob sie es denn als Ernährungsberaterin verantworten könne, was er auf dem Teller liegen habe. „Als erstes würde sie das Fleisch aussortieren", sagte Katja, „dann diesen fettigen Käse und dann würde sie dir deinen Teller mit Gemüse vollschaufeln."

Katja kannte ihre Vorlieben, sie hatte sie aus nächster Nähe in der Klinik kennengelernt, wo sie vier Wochen zur Nachsorge ihres Herzinfarkts war. Ernährungstips brauchte sie eigentlich nicht, bei ihr war es die angeborene Herzschwäche und der zu große Berufsstreß, der sie aus dem Tritt gebracht hatte. Trotzdem kam sie in jede Veranstaltung, wo sie zeitweise die einzige Frau war, und hörte geduldig zu oder machte sich Notizen, was sonst eher selten geschah. Darüber kamen sie ins Gespräch und Katja erzählte, daß sie als Journalistin nie wisse, ob sie das Gehörte nicht irgendwann mal verwenden könne, deshalb habe sie immer eine Kladde dabei, in die sie alles Interessante eintrage. Mit der Zeit freundeten sie sich an und tranken außerhalb des Geländes gelegentlich Kaffee zusammen, was zwar nicht gern gesehen wurde, denn die Patienten sollten bei ihren Gesundheitstees bleiben, sich aber kaum verhindern ließ. Für Katja war es jedesmal ein Fest, wenn sie den ersten Schluck im Munde spürte und die Tasse gar nicht mehr absetzen mochte; vermutlich trug die tägliche Freude darauf wesentlich zu ihrer Gesundung bei. Auch nachdem sie entlassen wurde, blieben sie in Kontakt, wenn auch meist telefonisch, da sie nicht am selben Ort wohnten und Katjas großer Bekanntenkreis sie voll beanspruchte. Die Faschingseinladung paßte zeitlich sehr günstig in ihren Arbeitsplan, dennoch wäre sie wahrscheinlich zu Hause geblieben, wenn Thomas nicht eine längere Reise zu seinen Kunden angetreten hätte.

Thomas war es vielleicht sogar ganz recht, daß er nicht mitzukommen brauchte und umständliche Erklärungen vermeiden konnte, warum er keine Lust auf Verkleidung habe. Zunächst hatte sie auch geschwankt, ob sie die Einladung annehmen solle, schließlich gab Katja den Ausschlag, indem sie versicherte, daß kein Kostümzwang bestehe und jeder nach Lust und Laune kommen könne. Damit sie nicht gar zu alltäglich erschien, entschied sie sich für einen schwarz-weißen Anzug, den sie aus ihrem Kleiderschrank zusammenstellte und der durch eine schwarze Fliege etwas Karnevalhaftes bekam. Viktor trug ein Clowns-Kostüm, hatte aber auf Bemalung im Gesicht – bis auf den dicken roten Punkt auf der Nase – weitgehend verzichtet. Sie standen erst eine Weile mit Katja zusammen, bis es an der Tür klingelte und sie neue Gäste empfing.

Mit den üblichen Verlegenheitsfloskeln überbrückten sie die ersten Augenblicke des Kennenlernens, waren anfangs unsicher, ob sie 'Sie' oder 'Du' sagen sollten, gingen dann aber sehr schnell zum 'Du' über, weil es irgendwie unpassend schien, im Kostüm einander zu siezen. Daß er ebenfalls alleine gekommen war, hatte für sie im nachhinein nichts Zufälliges, kam ihr eher wie eine Inszenierung vor, in der ihre Rollen von vornherein festgelegt waren. Es sollte wohl so sein, daß sie nun gezwungen war, ihr Leben zu überdenken und sich so oder so zu entscheiden, wobei es ihr wenig half, daß sie immer wieder auf den Punkt zurückkam, wenn sie nicht verheiratet wäre, ja dann …

Wenn sie nicht verheiratet wäre, würde sie sofort zu Viktor ziehen, da brauchte sie nicht lange zu überlegen, zumindest würde sie es auf einen Versuch ankommen lassen. Sie liebte diese Tage, wenn sie bei ihm sein konnte, in seinem Haus, das mit Skulpturen und Bildern vollgestellt war und aus jeder Fuge eine künstlerische Ausstrahlung verströmte. Und sie liebte es, in seinem Atelier zu sitzen, und ihn dabei zu beobachten, wenn er an einer Figur modellierte oder über seinen Entwürfen saß. „Du überschätzt das alles", sagte er manchmal, „guck dich doch mal um, dann siehst du, wovon ich lebe." Um sie herum stand eine kleine Armee von unterschiedlich großen Figuren aus Eisen, weder eindeutig Mann noch Frau, mit langen, dünnen Beinen und kurzen Körpern, die er mit viel Erfolg in den umliegenden Galerien verkaufte. „Das sind meine Brotgeschöpfe, öffentliche Aufträge sind selten, private noch seltener. Privatleute hängen sich Bilder in ihre Wohnung, aber kaum Metallplastiken." – „Aber sie kaufen doch deine Figuren", wandte sie ein. – „Ja, aber nur, weil sie so eine Art Mitbringsel für zu Hause haben wollen. Sie kämen nie auf die Idee, Einzelaufträge an Künstler zu vergeben, die wären natürlich auch viel teurer."

Als Ausgleich malte er, überwiegend abstrakt und immer von einer dominanten Farbe ausgehend, die sich zur Mitte oder zum Bildrand hin in ergänzenden Tönen auflöste. Dabei entdeckte sie nicht nur seine Signatur auf den Bildern, sondern auch diejenige seiner Frau, die ein paar ihrer Bilder zurückgelassen hatte und als Malerin mit ihrem neuen Freund in Köln lebte. „Sie hat sich einen Galeristen ausgesucht." – „Oh, wie praktisch!" - „Das habe ich mir auch gedacht. So, wie es aussieht, scheinen sich ihre Bilder ganz gut zu verkaufen." – „Ihr habt noch Kontakt miteinander?" – „Sie muß mir doch von ihrem Erfolg berichten und wie richtig es war, daß sie von hier weggezogen ist." – „Es waren allein künstlerische Gründe?" – „Vermutlich nicht. Aber ich gönne ihr den Erfolg. Hier wollen die Leute doch immer nur die gleichen Landschaftsbilder. Künstlerisch trittst du mit der Zeit auf der Stelle. In einer Großstadt hast du wohl mehr Möglichkeiten, die richtigen Leute kennenzulernen."

Sie sprachen eher selten von seiner Frau und wenn, dann ließ sein sachlicher Ton nicht erkennen, ob er sich noch gefühlsmäßig an sie gebunden fühlte. Für ihn war es weniger kompliziert, wenn sie bei ihm einzog; er lebte bereits von seiner Frau getrennt und hatte nichts zu verlieren, falls ihr Zusammenleben mißlingen sollte. Sie dagegen hatte alles zu verlieren, es war ihr klar, daß sie nicht wieder zu Thomas zurückkönnte und ihm auch nicht zumuten wollte, nach einer gescheiterten Probezeit bei ihm wieder anzuklopfen. Ihre Ehe war nun mal nicht dermaßen zerrüttet, daß sie nicht lange zu überlegen brauchte, wie sie sich zu entscheiden habe. Sie fühlte sich nicht unwohl bei Thomas, er liebte sie auf seine ruhige, stille Art, seine Blicke und Gesten verrieten keine übermäßige Zärtlichkeit und doch wußte sie, daß sie ihm nicht gleichgültig war. Wenn sie ihn verließe, würde ein irreparabler Bruch entstehen, der nicht mehr zu kitten wäre. Es gab nur dieses Entweder-Oder, Ja oder Nein. War es denn nur die lange Ehe, die sie zögern ließ, das Miteinander-Vertrautsein, die Bequemlichkeit, von der sie sich nicht trennen mochte? Oder war es gerade das, was sie an Viktor bewunderte, sein Künstlertum, vor dem sie sich in Wirklichkeit fürchtete?

Sie kam aus einer ganz anderen Sphäre und paßte von daher eigentlich besser zu Thomas, dem Agraringenieur. Ernährung und Landmaschinen, beides hatte viel mit grünen Themen, aber wenig mit freier Gestaltung zu tun. Ihre Patienten in der Klinik wollten keine komplizierten Vorträge hören, sondern praktische Vorschläge, die sich zu Hause verwirklichen ließen. Sie verzichtete deshalb auf mühseliges Kalorienzählen und versuchte es statt dessen mit Anschaulichkeit, indem sie alltägliche Lebensmittel vor sich ausbreitete und die Patienten den Fettgehalt raten ließ. Jedesmal erlebte sie das gleiche Erstaunen, wenn sich das harmlose Wurstbrot, unter dem die Butter nicht fehlen durfte, in eine Kalorienbombe vewandelte. Es hatte lange Kämpfe mit der

Verwaltung bedurft, bis ihr endlich eine eigene Küche genehmigt wurde, in der sie mit den Patienten kochte und sie die Erfahrung machen konnten, daß es durchaus schmackhafte Gerichte ohne Fleisch gab, von denen man trotzdem satt wurde. Sich Rezepte ausdenken, auf den Markt einkaufen gehen, etwas zusammen Herstellen war ihr mittlerweile das Liebste an ihrem Beruf. „Warum machst du nicht ein kleines Lokal auf", hatte Viktor sie ganz ernsthaft gefragt, „genug Rezepte hast du ja inzwischen." Sie hatte ihn nur ungläubig angeguckt und gemeint, auf die Idee sei sie noch gar nicht gekommen.

In der Tat hatte sie bisher keinen Gedanken daran verschwendet, in der Klinik zu kündigen, und sich selbständig zu machen. Aber seit Viktor davon gesprochen hatte, wollte ihr sein Einfall nicht mehr aus dem Kopf gehen und nahm zunehmend etwas Verführerisches an. Wo sie Probleme sah, wischte er sie kurzerhand beiseite, wenn sie darauf hinwies, daß sie nicht aus der Gastronomie komme und es doch ein großer Unterschied sei, ein eigenes Lokal zu führen, meinte er nur, die meisten Wirte hätten ihren Beruf nicht gelernt und da müsse man schon ins kalte Wasser springen. „Wenn ich ständig überlegt hätte, ob es nicht besser wäre, als Kunsterzieher in der Schule zu arbeiten, würde ich zwar jetzt ein anständiges Gehalt beziehen, dafür hätte ich aber meine Freiheit eingebüßt und müßte von acht bis eins Dinge tun, die irgendwie schulgemäß wären."

Er besaß die Fähigkeit, einen mitzureißen, es war ansteckend, wie unkompliziert er Probleme anging, er war im besten Sinne Optimist und hatte nichts

Tiefgründelndes, was man gemeinhin ja gern Künstlern nachsagte. Sie fühlte sich beschwingt, wenn sie mit ihm zusammen gewesen war, alles ging ihr leichter von der Hand als sonst, und für zwei, drei Tage konnte sie sich durchaus vorstellen, etwas ganz anderes zu machen. Mit Thomas brauchte sie erst gar nicht darüber zu reden, der würde zielsicher die Schwierigkeiten aufspüren, die das ganze Vorhaben zum Einsturz brächten. Thomas war eine praktische Natur, das brachte schon sein Beruf mit sich, aber auch seine Herkunft als Sohn eines Landwirts prädestinierte ihn nicht gerade dafür, Ungewohntes auszuprobieren. Obwohl er heilfroh war, den Hof nicht übernehmen zu müssen, hatte er sich einen verwandten Beruf ausgesucht, der ihn mit dem Metier nach wie vor verband.

Es hatte ja auch sein Gutes, daß er wußte, wie mit den Bauern umzugehen war. „Vor allen Dingen brauchst du Zeit für sie, viel Zeit", sagte er immer. „Du mußt nicht nur einen Schnaps mittrinken, du mußt dir auch die Tiere angucken und am besten gleich den ganzen Betrieb. Am liebsten sähen sie es, wenn du ihnen auch noch die Maschinen repariertest; kleinere Sachen erledige ich oft genug, als kostenlosen Kundendienst versteht sich." Die Gespräche mit seinen Kunden lieferten ihm auch wertvolle Hinweise, wo es bei neuen Entwicklungen noch hakte, was man bei der nächsten Generation besser machen konnte. Dann verschwand er in seinem Büro, berechnete und zeichnete und wurde eins mit seinem Computer, den er nur für die allernotwendigsten Dinge verließ. Mitunter hatte sie den Eindruck, daß er geradezu enttäuscht war, wenn seine Kunden rundum zufrieden waren und keine Beanstandungen hatten.

Sie verstand von landwirtschaftlichen Maschinen genausowenig wie von Kunst, hatte bei Thomas aber weniger Scheu, ihre Unwissenheit offen zuzugeben. Viktor haßte die Fragerei und konnte recht unwirsch reagieren, wenn es ihm zuviel wurde. Besonders das Geschwätz mancher Galeristen erregte seinen Zorn, den er mühsam zu unterdrücken suchte, solange sie sich im Atelier aufhielten. „Hast du das gehört?", brach es dann aus ihm heraus, wenn sie wieder alleine waren, „das will ein Experte sein! Nichts als heiße Luft! Sabbert mich hier voll, weil er sich zu fein ist für einen Händler, der klipp und klar sagt: Das geht, und das geht nicht!"

Auch sie beschlich gelegentlich das Gefühl, daß selbst sogenannte Kunstexperten vor allem Schaum produzierten, täten sie es nicht, stünden sie vermutlich ziemlich nackt da. „Ich kann dir auch nicht erklären, warum eine Figur aussieht, wie sie aussieht, oder ein Bild von einem bestimmten Farbton dominiert wird. Es ist kein Mysterium, eher wie ein Prozeß, der sich nach und nach in deinem Kopf bildet. Du weißt selbst nicht, was am Ende dabei herauskommt." Für sie war das zwar immer noch viel zu abstrakt, aber sie begriff doch gleichwohl, daß man auch mit gelehrten Erklärungsversuchen einem Kunstwerk nicht unbedingt näher kam. „Achte auf dein Gefühl", sagte Viktor. „Entweder du empfindest etwas bei einer Sache und fühlst dich zu ihr hingezogen, oder sie läßt dich kalt. Dann nützt dir auch das ganze Drumherum nichts, nicht überall, wo Kunst draufsteht ist auch Kunst drin."

Damit konnte sie schon eher etwas anfangen, dennoch fühlte sie sich von manchen Gesprächen ausgeschlossen, obgleich sie sich jedesmal über ihren nicht wegzubekommenden Respekt ärgerte, der ihr viel zu oft den Mund verschloß. Dabei waren es selten echte Fachgespräche, sondern oberflächliche, simple Bemerkungen, die man halt so macht mit einem Sektglas in der Hand: „Oh Viktor, ich habe gehört, du hast den Auftrag für den Rathausplatz bekommen. Toll, ich gratuliere! Was willst du denn diesen Bürohengsten vorsetzen? Ah, das ist immer gut, wenn du sie ein wenig durch den Kakao ziehst. Die nehmen sich eh schon viel zu wichtig. Und was für'n Material? Sogar Bronze, wer hätte das gedacht! Ich hab' angenommen, die können sich nur noch Holz leisten, hahaha."

Es wollte ihr einfach nicht gelingen, auch nur halbwegs mit dieser Nonchalance über Viktors größten Auftrag seit langem zu reden. „Endlich mal wieder etwas, wo du zeigen kannst, daß noch mehr in dir steckt als ein passabler Gebrauchsbildhauer", freute er sich. Er zeigte ihr seine Entwürfe, die sie ein wenig ratlos machten, denn es waren nur flüchtige Skizzen zu sehen, keine detaillierten Zeichnungen. Darum baute er sich vor ihr auf und demonstrierte ihr, wie er sich die Figur vorstellte: ein Mann, der sich in gestreckter Haltung mit einer Hand an den Hals faßt und dessen Blick auf der anderen Hand ruht, da wo eine imaginäre Armbanduhr sitzt. „Das werden doch bestimmt wieder einige mißverstehen und sich auf den Schlips getreten fühlen", war ihre Reaktion. „Na, da können doch unsere Beamten mal beweisen, ob sie Humor besitzen. Hauptsache, den Leuten macht's Spaß, denn für die ist es ja in erster Linie gedacht. Unsere Rathausspitze wollte doch auf keinen Fall etwas Abgehobenes, das die Leute nicht verstehen, aus Angst vor den dann einsetzenden Diskussionen, die ja immer sehr schnell aufs Geld kommen."

In den folgenden Wochen war er mit seinem Gipsmodell beschäftigt, und immer, wenn sie ihn anrief, was selten genug vorkam, reagierte er einsilbig und war merklich froh, wenn sie das Gespräch beendete. Sie hatte das Gefühl zu stören, er brauchte offensichtlich seine Konzentration für die Arbeit und verspürte wenig Lust, über ganz normale Dinge zu reden. Erst als diese Phase vorbei war und sich sein Modell als das entpuppte, was er sich vorgestellt hatte, konnte sie mit ihm wieder etwas anfangen. Für Viktor war es selbstverständlich, daß sie ihn während dieser Zeit in Ruhe ließ, sie mußte es akzeptieren lernen, daß seine künstlerische Arbeit ihn voll beanspruchte und daneben für sie kein Platz war. Hatte er nicht selbst gesagt, daß solche Aufträge eher selten seien, also brauchte sie auch nicht beunruhigt zu sein. Es half ihr allerdings ebensowenig, wenn sie darüber hinwegging, schließlich war sie hier, um sich über ihre Gefühle klar zu werden. Darum mußte sie eine ehrliche Bilanz aufstellen, eine Rechnung, die negative Werte genauso berücksichtigte wie positive und für die Zukunft taugte, auch wenn sie mit dem Ergebnis am Ende nicht zufrieden sein sollte.

2. Kapitel

Sie hatte schon einige Strandspaziergänge unternommen, und das bei meist starken Winden, die das Vorwärtskommen mühsam und den Tränenfluß der Augen unkontrollierbar machten. Unter normalen Umständen wäre sie wohl kaum im Winter auf diese Insel gekommen, aber sie suchte ja vor allem die Einsamkeit – und davon gab es hier mehr als genug. Es tauchten immer dieselben Leute auf, eine verschworene Gemeinschaft von sechs oder sieben Winterurlaubern, die jedes Jahr um diese Zeit hierherkamen und sich erst so richtig wohlfühlten, wenn eine Sturmwarnung die nächste jagte. Es blieb nicht aus, daß man schnell miteinander bekannt wurde, zumal im Ort nur eine Kneipe geöffnet hatte, die sich lediglich abends mit Einheimischen und Touristen füllte. Tagsüber war sie das Stammquartier für die kleine Gruppe der Strandläufer, man aß dort zu Mittag und traf sich nachmittags zum Tee. Gleich am zweiten Tag ihrer Ankunft hatte sie dort eine Frau kennengelernt, die etwa in ihrem Alter war und die, wie sich herausstellte, das ganze Jahr über auf der Insel wohnte. Heute war sie ihr wieder begegnet, dabei zeigte sie auf ein reetgedecktes Häuschen, nicht weit vom Strand, und fragte sie, ob sie nicht Lust habe, auf einen Tee mit hineinzukommen. Schon aus Neugierde, wie es in dem Häuschen wohl drinnen aussehen möge, hatte sie die Einladung angenommen.

Gleich beim Eintritt in den Wohnraum, der zugleich eine Art Atelier war, fielen ihr die zahlreichen Bilder auf, und als sie in der Mitte des Raumes stand, blickte sie auf einen bärtigen Mann, der nur kurz von seiner Staffelei aufsah und ihr zunickte. Auf der gegenüberliegenden Seite, auch unmittelbar am Fenster, stand ein Tisch, wie ihn Goldschmiede benutzen, das war der Arbeitsplatz ihrer Gastgeberin. Direkt unter der Treppe, die vom Atelier in den ersten Stock führte, befanden sich zwei Sofas und gaben dem Raum mit seiner ansonsten sparsamen Möblierung einen wohnlichen Charakter. „Wenn wir mehrere Gäste haben, sitzen wir meistens drüben in unserer Kochnische. Da paßt gerade so ein Tisch rein, früher war das mal der Flur. Wir haben das Haus praktisch komplett umgebaut und nutzen die ganze untere Fläche als Wohn- und Arbeitszimmer." Jetzt mischte sich ihr Mann ein und fragte, ob sie Tee trinken wolle, er habe eben welchen gekocht. „Tee trinkt man hier zu jeder Tages- und Nachtzeit. Aber vielleicht wissen Sie das und kennen die Insel." Sie verneinte dies, erwiderte, daß man an Tee hier wohl nicht vorbeikomme und sich so ähnlich fühle, als wenn man in einem Weinbaugebiet Bier bestellen wolle. „Oder umgekehrt: Sie gehen in eine Münchner Bierschwemme und möchten dort ein Glas Wein trinken. Wahrscheinlich wird man Sie rausschmeißen und Ihnen ein paar deftige Flüche hinterherschicken. Man sollte froh sein, daß es diese regionalen Besonderheiten noch gibt. Es wäre ja schlimm, wenn es von Flensburg bis zum Bodensee nur noch eine Einheitsküche mit zwei oder drei Bier- und Weinsorten gäbe."

Sie blieben noch eine Weile beim Thema Essen und

Trinken, das ihr immer das angenehmste ist, denn auf diesem Gebiet konnte ihr so leicht keiner ein X für ein U vormachen. Als ihr dann jedoch empfohlen wurde, sie müsse unbedingt mal diesen wunderbaren Fisch essen, kam sie ein wenig in Bedrängnis. „Was, Sie essen keinen Fisch? Dann entgeht Ihnen aber so einiges auf dieser Insel. Das ist überhaupt das Beste, was Sie hier bekommen können! Garantiert fangfrisch, ohne langwierige Transportwege! Fisch würde ich nur hier oben essen. Schauen Sie sich mal im Süden die Fischabteilungen in den Kaufhäusern an, dann sehen Sie den Unterschied sofort, denn frisch ist der Fisch, den die da verkaufen, bestimmt nicht."

Nach diesem heftigen Plädoyer des Mannes hätte sie beinahe gesagt, daß sie nicht wegen der fangfrischen Fische hierhergekommen sei, aber sie enthielt sich eines Kommentars; das übernahm seine Frau, indem sie ihn leicht tadelte und ironisch anmerkte: „Wenn man dich so reden hört, muß man sich ja fast schämen, keinen Fisch zu mögen". Daraufhin lachte er kurz auf und meinte nur: „Schade, ich war gerade so schön in Fahrt gekommen und wollte mit meinem profunden Wissen über Fische glänzen. Wie kann man aber auch ahnen, daß eine Ernährungsberaterin eines der gesündesten Nahrungsmittel total verschmäht." Damit hatte er es schon wieder geschafft, daß sie sich einem Rechtfertigungszwang ausgesetzt sah, dem sie nun aber auch nicht mehr auswich und alles zusammenkratzte, was gegen den 'ach so gesunden Fisch' sprach: „Ich habe zwar davon gehört, daß der Rhein an einigen Stellen wieder sauberer sein soll. Aber nichts dergleichen über die Nordsee. Und gibt es nicht regelmäßig Meldungen über Würmer im Fisch? Klar, dagegen läßt sich natürlich einwenden, das passiere erst bei der Verarbeitung in der Fabrik, aber ich möchte nicht wissen, wenn man die Fische, bevor sie dort landen, mal auf ihre Schadstoffe untersuchen würde, was dabei herauskäme. Und außerdem können Sie einen Widerwillen, den sie gegen ein bestimmtes Nahrungsmittel seit ihrer Kindheit entwickelt haben, nicht einfach wegtrainieren. Oder mögen Sie heute Spinat?"

Selbstverständlich mochte er Spinat, und zu allem Überfluß zählte er auch noch mehrere Zubereitungsarten auf: in Butter gedünstet, mit ein wenig Zitrone, mit Zwiebeln, mit Speck, mit gerösteten Mandeln und so weiter, und so weiter. Solche Situationen waren ihr zwar vertraut, denn jeder kann schließlich auf irgendwelche Erfahrungen mit Lebensmitteln zurückgreifen, trotzdem fühlte sie sich schlecht, weil ihr nie in den Sinn käme, ihrer Unbedarftheit in der Malerei freien Lauf zu lassen. Wie hätte er wohl reagiert, wenn sie zu ihm gesagt hätte: „Komisch, Sie leben auf einer Insel, und ich sehe überhaupt keine Meerbilder!" Vermutlich hätte er mit den Augen gerollt und ihr deutlich zu verstehen gegeben, daß sie solche Bemerkungen am besten für sich behielte. Immer war da die Angst vor der Blamage, die sie einfach nicht überwand, so daß sie sich mit Kommentaren zurückhielt, aber gleichzeitig zulassen mußte, daß sich auf ihrem ureigensten Gebiet jeder Besserwisser wie zu Hause fühlen durfte. Sollte sie sich Bücher über Malerei und Bildhauerei anschaffen, um dieser entsetzlichen Unwissenheit endlich zu entgehen? Etwas in ihr sträubte sich dagegen, sie war eigentlich nicht bereit, sich Wissen anzueignen, um damit vor anderen glänzen zu können. Andererseits käme ihr ein bißchen mehr Kenntnis auch im Umgang mit Viktor zugute, der von allzuviel Theorie zwar nichts hielt und den meisten Kritikern das Recht absprach, künstlerische Urteile abzugeben, dennoch würde sie sich wohler fühlen, wenn sie zumindest den einen oder anderen Namen schon mal gehört hätte.

Auch wenn es ihr schwerfiel, sie mußte sich wohl dazu durchringen, sich mehr auf sein Leben einzulassen, wenn sie mit ihm zusammenbleiben wollte. Daß seine künstlerische Arbeit für ihn im Mittelpunkt stand, darüber brauchte er keine Worte zu verlieren, das spürte sie auch so. Bei Thomas reichte es, wenn sie sich nach seinen Kundenbesuchen erkundigte, was sie häufig gar nicht mal brauchte, denn er hatte nach diesen Reisen selbst das Bedürfnis, über seine Erlebnisse zu sprechen. Daß dabei oftmals Tiere das Hauptthema waren, hatte wohl weniger damit zu tun, daß er sie mit technischen Einzelheiten verschonen wollte, als vielmehr mit seinen ambivalenten Gefühlen der bäuerlichen Existenz gegenüber. Für ihn war es jedesmal eine Freude, wenn er einen Hof betreten und seine Kindheits- und Jugenderinnerungen in ihm wach wurden, ebenso empfand er Genugtuung, wenn er dieses arbeitsreiche Leben wieder verlassen durfte, bei dem er quasi nur noch als Gast anwesend war.

Er war der einzige in der Familie, der nichts mehr direkt mit der Landwirtschaft zu tun hatte, selbst seine Schwester hatte wieder einen Bauern geheiratet. Früher machte sie sich gelegentlich Gedanken darüber, wie seine Familie sie wohl aufgenommen hätte, wenn sie Ärztin oder Apothekerin geworden wäre. Sie hatten auch so schon genug Vorbehalte ihr gegenüber, und wenn es nur der nichteingestandene Neid auf das leichtere Leben war, aus dem sich ihr Mißtrauen speiste. Erst als seine Mutter erkrankte und sie sich ein paar Tage um den Haushalt kümmerte, wurde sie als vollwertiger Mensch akzeptiert. Von da an hatte sie alles in allem doch ein recht freundschaftliches Verhältnis zu seinen Eltern, das kaum noch durch ernsthafte Störungen wirklich getrübt wurde.

Mitunter holte seine Mutter sogar Rat von ihr ein, wenn sie im Supermarkt ein neues Lebensmittel entdeckt hatte, das sie noch nicht kannte. Sie konnte zwar unmöglich alles ausprobieren, was gerade auf den Markt gekommen war, aber auch ihre Patienten erwarteten von ihr, daß sie von den Neuheiten zumindest schon mal gehört hatte. So blieb ihr nichts anderes übrig, als die Werbung im Fernsehen zu verfolgen, und dann und wann gezielte Streifzüge zu unternehmen über Märkte und durch die Lebensmittelabteilungen der Kaufhäuser. Zu oft durfte sie sich keine Blöße geben, es machte zwar nichts, wenn sie zuweilen ihre Unkenntnis einräumte, würde das jedoch mehrere Male hintereinander passieren, stünde ihr Ruf auf dem Spiel. Es gab unter den Patienten immer mal wieder welche, die nur darauf warteten, ihr Irrtümer nachweisen zu können, meist waren es leitende Angestellte, die versuchten, sie mit Fragen oder Anmerkungen in Schwierigkeiten zu bringen, um sich selbst zu beweisen, daß mit ihnen noch zu rechnen war. In der Regel hatte sie aber ein aufmerksames Publikum, das dankbar dafür war, eine lebensbedrohende Krankheit überstanden zu haben.

Für Thomas und sie waren die Krankengeschichten, die sie in der Klinik hörte, natürlich ein Gesprächsthema, jedoch mußte sie schon darauf achten, daß sie ihn nicht überforderte, weil er nicht immer in der Stimmung war, sich das anzuhören. Mit Viktor hatte sie bisher kaum über bestimmte Fälle geredet, sie hatte das Gefühl, daß er nicht gerade erpicht darauf war, sich mit Dingen zu beschäftigen, die von Krankheit und Tod handelten. Er war nicht der Typ, der das Elend der Welt in seinen Sachen ausstellte, was ihn genau inspirierte, wußte sie nicht, womöglich hätte er auch darauf wieder mit dem „Prozeß" geantwortet, der sich in seinem Kopf abspiele. In seinem Vorort jedenfalls war er von allem abgeschirmt, womit heutzutage jede größere Stadt zu kämpfen hat: Es war eine Gegend für betuchte Leute, eine ehemalige Künstlerkolonie, die gerne von Touristen aufgesucht wurde und in der man wunderbar spazierengehen konnte. Nur wenige Schritte und man war im Grünen, weit weg von dem üblichen Getöse, das einen sonst kaum mehr losläßt. Auch gedanklich war man weit weg, man konnte dort ein Stück seines Seelenfriedens wiederfinden, sie fühlte sich jedesmal wie im Urlaub, wenn sie mit ihm die Wege abschritt oder allein unterwegs war.

In die nahegelegene Stadt zog ihn nichts, von deren Eindrücken lebte er offenbar nicht – „In einer halben Stunde bin ich da, mir entgeht hier nichts, was ich sehen will, das sehe ich auch. Du regst dich hier draußen genauso über das Weltgeschehen auf wie anderswo. Glaub' ja nicht, daß es dadurch weniger beklemmend ist." Das mochte sie fast nicht glauben, vielleicht sollte sie ihn bei Gelegenheit mal fragen, ob es nicht doch eine Rolle spiele, wo man als Künstler seiner Arbeit nachgehe. Diese Frage könnte sie übrigens gleich am Samstag stellen, denn der Maler hatte sie zu seinem Geburtstag eingeladen. „Nur eine kleine Feier", hatte er gesagt, „bringen Sie um Gottes willen kein Geschenk mit."

Wahrscheinlich hatte er das sogar ernst gemeint, doch sie wollte nicht das Risiko eingehen, womöglich als einzige ohne Präsent dazustehen, obgleich die Insel um diese Jahreszeit nicht gerade ein Geschenkeparadies war. Am einfachsten wäre es wohl, wenn sie in der Kneipe eine Flasche Wein kaufte, damit könnte sie sicher nichts verkehrt machen. Ein wenig verwundert war sie schon, diese Einladung überhaupt erhalten zu haben, denn eine gegenseitige Sympathie konnte sie auch im nachhinein nicht feststellen. Vielleicht sollte sie auf den ersten Eindruck nicht allzuviel geben, der ja oftmals nicht mehr als ein Abtasten ist, und daß Männer dazu neigten, ihre vermeintliche Überlegenheit unter Beweis stellen zu müssen, hatte sie ja nicht zum ersten Mal erlebt. Nur bei Viktor war das anders. Darum spürte sie von Anfang an eine starke Zuneigung für ihn, weil er nichts Aufgesetztes, Genialisches oder sonstwie Abgehobenes in seinem Benehmen hatte. Es war seine vollkommene Natürlichkeit, die sie für ihn einnahm und es ihr leichtmachte, sich ebenso natürlich zu geben.

Für ihn war die sogenannte Künstlerpersönlichkeit weitgehend ein Klischee. „Das sind häufig stinknormale Leute", sagte er, „selbstverständlich mußt du dich gut verkaufen und je abgedrehter, desto besser, je größer die Show, desto mehr wird über dich geredet. Triffst du dieselben Leute zu Hause an, bist du erstaunt, wie wenig sie ihrem öffentlichen Image entsprechen. Es wäre wohl auch zu anstrengend, dieses ganze Theater selbst noch in den eigenen vier Wänden aufzuführen."

Er hatte sie einmal mitgenommen zu einem sehr bekannten Kollegen von ihm, der durchaus nicht jener Person glich, die in den Medien von ihm gezeichnet wurde. Doch das lag wohl eher daran, daß seine Umgebung schon dafür sorgte, daß er beständig im Mittelpunkt stand und kein anderer daran teil hatte. Vor allem Frauen taten sich damit hervor, ihn auf ein Podest zu heben, und bis zur Peinlichkeit anzuhimmeln. Auf ihre naheliegende Frage, ob so jemand überhaupt noch für Kritik zugänglich sei, meinte Viktor nur: „Ach, das amüsiert ihn bloß. Ich glaube nicht, daß er in seiner Arbeit von diesen Groupies abhängig ist. Wenn du mit ihm allein bist, ist das ein ganz vernünftiger Kerl. Ruhm ist nur hilfreich bei der Vermarktung, vor deiner Staffelei nützt er dir gar nichts, da bist du genauso allein wie jeder unbekannte Maler auch." – „Aber ein größeres Selbstbewußtsein muß sich doch irgendwie auf die Arbeit auswirken." – „Tja, das ist eine schwierige Frage. Es kann ja durchaus sein, daß es dich eher lähmt, weil die Erwartungshaltung der Öffentlichkeit zu groß ist. Man kann das wohl gar nicht beantworten, ob dieses Stück Sicherheit, das du durch die öffentliche Anerkennung erfährst, sich tatsächlich in deiner künstlerischen Arbeit auswirkt. Im allgemeinen ist es wohl eher so: Du mußt dich so stark konzentrieren auf das, was du gerade tust, daß du ganz bestimmt nicht an deinen öffentlichen Bekanntheitsgrad denkst, sondern an den nächsten Schritt. Ein Fußballer denkt ja auch nicht während des Spiels an seine Prämie, sondern ans nächste Tor."

Das war eine der seltenen Gelegenheiten, wo sie mit Viktor über Kunst sprach, allerdings war sie stets in der Position der Fragenden. Aus dieser Lage würde sie wohl nie herauskommen, wenn sie darauf wartete, daß sich von allein irgendetwas daran änderte. Ja, sie störte sich zunehmend an ihrer selbstauferlegten Zurückhaltung, auch wenn Viktor behauptete, es gebe nur wenige echte Kunstkenner, die meisten seien Schaumschläger. Zu diesen gehörte sie nun mal nicht, sie war einfach nicht dreist genug, über eine Sache draufloszufabulieren, von der sie nichts verstand. Vielleicht war es für Viktor sogar wohltuend, wenn wie sich mit Urteilen zurückhielt, aber würde er auf die Dauer nicht doch eine fundierte Meinung vermissen? Sie mußte dabei an seine Frau denken, von der er zwar kaum sprach, die sie aber gleichwohl als Konkurrentin empfand, gerade weil sie auch Malerin war.

Es beschwerte sie heute schon, wenn sie darüber nachsann, um wieviel reichhaltiger ihr beider Gesprächsstoff gewesen sein mag und was sich da für ein Gegensatz zu ihr auftat. Einige wenige Male hatte sie bei Viktor leise auf den Busch geklopft, um ein bißchen was darüber zu erfahren, doch er hatte meist abgeblockt oder ganz allgemein gesagt: „Wir haben beide unsere Arbeit gemacht und uns ansonsten kaum umeinander gekümmert". Nun konnte sie sich aussuchen, was sie davon halten sollte: War ihm das Thema unangenehm, weil es ihn noch immer schmerzte und er deshalb nicht viele Worte darüber verlieren wollte, oder bestand seine Absicht darin, sie zu schonen, und ihr die Wahrheit vorzuenthalten? Das erstere wäre ihr bei weitem angenehmer, sie würde es gewiß nicht aushalten, wenn er seine Frau zu jedem passenden Anlaß erwähnte und sie womöglich noch als großartige Künstlerin rühmte. Soviel Duldsamkeit brächte sie denn doch nicht auf. Je länger sie darüber nachdachte, desto verständlicher wurde ihr sein Verhalten. Auch sie vermied es, über Thomas zu sprechen, er gehörte nicht dazu, wenn sie mit Viktor zusammen war, er war nicht der unsichtbare Dritte, der zwischen ihnen stand und von ihr Rechenschaft forderte. Solange sie bei Viktor war, war ihm der Zutritt zu ihrer Welt versperrt, erst wenn sie ihm daheim gegenübertrat, lebte sie wieder in der anderen Wirklichkeit, einer Wirklichkeit, von der sie sich zusehends entfernte.

3. Kapitel

Ob sie sich inzwischen soweit ausgeruht habe, daß sie ihn wieder ertragen könne; mit diesen Worten hatte Thomas sie entwaffnet. Was sollte sie darauf antworten? Sie mußte es hinnehmen, daß er sie am Wochenende besuchte. Instinktiv spürte er, daß sie keinen normalen Erholungsurlaub angetreten hatte, zu den normalen Gepflogenheiten hätte es sicherlich gehört, daß sie ihn anriefe und nicht abwartete, bis er zum Telefonhörer greifen würde. „Bist du so geschwächt, daß du es nicht fertigbringst, dich zu melden?" hielt er ihr vor. Darauf wußte sie nichts zu entgegnen, jede Ausrede hätte unglaubwürdig geklungen, und die Wahrheit schluckte sie lieber hinunter, als ihm auch nur andeutungsweise mitzuteilen, daß es ihr ungemein schwerfalle, mit ihm über ganz alltägliche Dinge zu reden.

Thomas hatte sie mit seiner Ankündigung überrascht, unangenehm überrascht, der Besuch paßte nicht in ihr Konzept, es bereitete ihr jetzt schon Kopfschmerzen, wenn sie in Gedanken durchspielte, wie wenig seine Erwartung mit ihrer übereinstimmte. Sie freute sich nicht auf ihn, nein, da war keine frohe Stimmung, kein ungeduldiges Warten darauf, was sie ihm auf dieser Insel alles zeigen könne. Nun durfte sie sich aussuchen, ob sie ihn nur deswegen nicht herbeiwünschte, weil er ihre Pläne durchkreuzte, oder ob da nicht vielmehr ein gefühlsmäßiger Riß entstanden war, der sie mehr und mehr von Thomas forttrieb.

Noch wollte sie es nicht wahrhaben und nicht davon ablassen, die Argumente hin- und herzuschieben, aber sie ahnte, für wen sie sich letztlich entscheiden würde und daß Thomas dazu unfreiwillig beigetragen hatte. Freude empfand sie nur, wenn sie an Viktor dachte, mit ihm würde sie gerne ein Wochenende hier verbringen, er begleitete sie durch ihre Träume, nicht Thomas, er zog sie körperlich an, nach ihm sehnte sie sich, stärker als je zuvor, jetzt, da Thomas alles versuchen würde, seinen Platz zu behaupten.

Ihr war immer noch nicht klar, wie sie sich ihm gegenüber verhalten sollte; die Wahrheit sagen? Es wäre nur fair von ihr, wenn sie ihm nichts mehr vormachte und ihn auf die veränderte Lebenssituation hinwies. Aber sie scheute davor zurück, zwei Tage über ihre Ehe zu sprechen, an der sie nicht mehr festhalten wollte; zwei Tage lang Auseinandersetzungen, an deren Ende der endgültige Bruch stehen würde. Bloß, billiger war die Trennung von Thomas wohl nicht zu haben, einen Preis müßte sie schon dafür entrichten, dennoch suchte sie nach einer Möglichkeit, wie sie diesem ganzen Schlamassel am besten entging. Sollte sie so tun, als ob nichts geschehen wäre? Käme sie mit dieser Rolle zurecht? Und wenn sie sich darauf einließe, hätte sie mehr bewirkt als einen Aufschub von wenigen Tagen? Sie hätte ihn hier in Sicherheit gewiegt, und zu Hause müßte sie ihm die Wahrheit eröffnen, was gewiß noch grausamer wäre und feige obendrein.

Wie sie es auch drehte und wendete, es gab keinen glatten Schnitt, Thomas hatte ein Recht auf eine Aussprache, auch wenn sie ihm kaum etwas entgegensetzen könnte und seine Vorwürfe aushalten müßte. Vielleicht sollte sie mit ihm noch auf den Geburtstag des Malers gehen und am nächsten Morgen alles eingestehen. Dann hätte sie immerhin einen Tag gewonnen, an dem sie sich nicht den Kopf zerbrechen müßte, wie und wo sie es ihm am besten sagte und den sie noch relativ normal zusammen verbringen könnten.

Erst nach und nach merkte sie, daß ihre Szenarien darauf hinausliefen, Abschied von Thomas zu nehmen. Dies wäre das letzte Wochenende, das sie miteinander hätten, ein letztes Mal würden sie so etwas wie Gemeinsamkeit demonstrieren, zumindest nach außen. Er wäre nur noch für einen Tag ihr Ehemann, den Sonntag nannte sie jetzt schon ihren „Schicksalstag", wobei ihr das Pathos der Formulierung durchaus passend erschien, denn ein Zurück gäbe es dann nicht mehr, sie hätte eine Entscheidung getroffen, die in ihr beider Leben unauslöschlich eingriffe. Auch wenn sie sich zu diesem Schritt nun endgültig durchgerungen hatte, so machte er ihr doch angst, gerade weil er etwas Endgültiges hatte und einen Menschen traf, dem sich nicht allzuviel vorwerfen ließ. Was sollte sie ihm antworten, wenn er nach dem „Warum" fragte? Sie müßte sich peinliche Fragen gefallen lassen, die wohl auch vor dem Sexuellen nicht halt machen würden. Auf jeden Fall wollte sie die Verletzungen so gering wie möglich halten, das war sie ihm und ihrer Selbstachtung schuldig, selbst wenn er sie aufs übelste beschimpfen sollte.

Auch hatte sie die Hoffnung noch nicht aufgegeben, daß er etwas ahnte, daß er nicht völlig im

Dunkeln tappte und eben nicht aus allen Wolken fiel, sondern nur noch so eine Art Bestätigung suchte für seine Vermutung, die es beiden leichter machte, sich zu trennen. Allerdings forschte sie vergeblich nach irgendwelchen Szenen oder Begebenheiten, die sie stutzig gemacht hatten, wo sie den Eindruck gewonnen hatte, daß er Bescheid wisse oder zumindest etwas mutmaße. Hinter dieser äußeren Ahnungslosigkeit könnte sich aber auch ein stilles Abwarten verborgen haben und die Hoffnung, daß sie zu ihm zurückfinden würde. Bis zu diesem Faschingsfest hatte er ja auch keinen Grund, an ihrer ehelichen Treue zu zweifeln, nie gab es da irgendeinen Seitensprung, aber auch kein Verlangen, ihn zu hintergehen. Sie hatte sich auf etwas eingelassen, was sie eigentlich gar nicht beabsichtigte, als ob Viktor bei ihr versteckte Bedürfnisse geweckt hätte, die immer latent vorhanden waren.

Es mußte schon ein Mann wie Viktor sein, der bei ihr eine derartige Konfusion auslösen konnte; sie hatte nicht auf jemanden gewartet, jeder andere wäre ihr weiterhin gleichgültig gewesen, da gab es keine Trennungsgelüste, keine Unzufriedenheit, die in dem Wunsch gipfelte, aus ihrer Ehe auszubrechen. Sie wollte auch die nächsten zwanzig Jahre mit Thomas verbringen und hatte nicht das Gefühl, sie verpasse etwas in ihrem Leben und müsse nachholen, wofür es schon bald zu spät sein könne. Eine rationale Erklärung für ihr Verhalten fiel ihr nicht ein, das übliche Muster, wonach man sich bereits auf dem Absprung befinde, wenn man einen neuen Partner kennenlerne, traf auf sie nicht zu.

Obgleich ihr die Sache mit Viktor eher rätselhaft war, spürte sie doch, daß sie etwas mit Sucht zu tun hatte, wie bei einem Menschen, der zum ersten Mal einen Viertausender bestiegen hat und sich mit kleineren Bergen nicht mehr zufriedengibt. Es stimmte ja, sie war anspruchsvoller geworden, sie konnte es kaum benennen, aber Viktor hatte ihr eine Welt eröffnet, wo sie genauer hinschaute, ihre Wahrnehmung war sensibler als früher, sie blickte mit wacheren Augen auf die Dinge und hetzte seltener achtlos an ihnen vorüber, sie nahm sich einfach mehr Zeit für neue Eindrücke und Sichtweisen. So oft sie konnte, machte sie es so, wie Viktor ihr geraten hatte: „Neue Bilder entdecken", nannte er das.

„Du nimmst nie das ganze Bild wahr", sagte er, „es sind immer nur Ausschnitte. Du kannst zwanzigmal einen Weg hinuntergehen, beim einundzwanzigsten Mal entdeckst du trotzdem etwas Neues. Auch ein anderes Licht, eine andere Jahres- oder Tageszeit verändert die Bilder. Es bleibt deiner Phantasie überlassen, was du aus dem, was da ist, machst. Das kann eine Kirchturmspitze sein, da, wo eigentlich keine Kirche ist, ein einzelner Reiter, weil er gut in die Landschaft paßt, eine Allee mit Kastanien, wo in Wirklichkeit nur zwei Bäume stehen. Kaum ein Maler bildet das Vorhandene realitätskonform ab, er malt das Bild nach seiner Vorstellung, er fügt etwas hinzu oder läßt etwas weg, geradeso, wie es sich in seinem Kopf formt. Im Grunde benutzt er das, was er sieht, nur als Vorlage, wie bei einem Foto, das seiner Phantasie auf die Sprünge helfen soll."

Auf dieser Insel boten sich ihr Gelegenheiten in

Fülle, ihren Blick zu schärfen, sie brauchte bloß eine Weile den Himmel zu beobachten, um immer neue Ansichten gewahr zu werden; der ständige Wind beließ es nur kurz bei einer bestimmten Wolkenformation, im nächsten Augenblick verschwand die Darstellung und machte einer anderen Platz. Manche Bäume hatten im Laufe der Jahre und Jahrzehnte die bizarrsten Formen angenommen, ihr Wuchs war klein und knorrig und ihre Kronen flach, als hätte man sie mit einer gewaltigen Presse zusammengedrückt. Was der Gezeitenwechsel am Strand zurückließ, das Aufsammeln und Begutachten von Muscheln, kleineren Steinen und Holzstücken war ihr tägliche Übung und gehörte ebenso zu ihrem Programm wie der Spaziergang nach dem Frühstück und am Nachmittag.

Damit war es nun vorläufig vorbei; ganz abgesehen davon, daß Thomas sich mehr für das Innere von Maschinen interessierte als für Wolkenbewegungen, hielt sie es für abwegig, ihn auf dieses oder jenes aufmerksam zu machen, und ihm am nächsten Tag die Scheidung zu präsentieren. Aber vielleicht war es gar nicht anders möglich, sie konnten schließlich nicht stumm nebeneinanderhergehen, und über was sie sich letztlich unterhielten, war am Ende auch egal. Es ließ sich wohl nichts inszenieren, sie mußte seine Ankunft abwarten und dann weitersehen, wie sie mit der Situation zurechtkäme; es gab kein Schlupfloch mehr, sie hat es so gewollt und mußte da nun durch, wie schmerzhaft es auch immer werden würde.

4. Kapitel

Eigentlich müßte sie nun erleichtert sein, aber sie war immer noch viel zu aufgewühlt, um ruhig in ihrem Zimmer zu sitzen. Mit Viktor hatte sie auch noch nicht sprechen können, weil der Besuch von einer Nachbarsfamilie hatte. Sie war wieder allein, Thomas war abgereist, und beide blieben mit der Gewißheit zurück, daß es vorbei war. Er hatte ihr keine Szenen gemacht, nicht um sie gekämpft, fast war es beleidigend, wie schnell er ihre Ehe aufgegeben hatte; nur ein kurzes, scharfes Verhör, bei dem sie sich miserabel gefühlt hatte und dessen Fragen sie nur mit Ja oder Nein beantworten konnte: „Habe ich dich sexuell vernachlässigt? Bist du nicht diejenige, die schon seit Jahren keine Lust mehr hat? Willst du dich deswegen trennen? Warum also? Hat er einen interessanteren Beruf? Aha, ein regelmäßiges Einkommen ist dir also zu langweilig geworden, du strebst nach mehr Unsicherheit? Du willst dich künstlerisch verwirklichen, als was? Willst du ihm Modell stehen? Du weißt noch nicht, was du machen willst, du weißt nur, daß du dein Leben ändern mußt? Bei soviel konkreten Wünschen möchte ich dir natürlich nicht im Wege stehen. Was aus mir wird, braucht dich nicht zu kümmern. Vielleicht sollte ich mich auch selbstverwirklichen, dann könnte ich dir allerdings keinen Unterhalt zahlen. Das willst du doch nicht, oder? Wann geht die nächste Fähre?"

Sie hatte sich auf harte Auseinandersetzungen eingestellt, auf Wutausbrüche, auf Weinkrämpfe, auf alles Mögliche, auch auf intensive Gespräche, bloß nicht auf diese knappste Form des Scheidens, die schon eher der Auflösung eines Vertrages gleichkam, bei dem nur noch die Unterschriften fehlten. Es war ein kalter Abschied, ein Abschied, der sie enttäuschte und, wie sie sich eingestehen mußte, an ihr Selbstwertgefühl kratzte, weil sie sich seiner Liebe nicht mehr sicher war. Als hätte er dieses Gefühl niemals für sie aufgebracht, kein Entsetzen lähmte ihn, nicht ein irgendwie geartetes Betteln, daß sie ihn nicht verlassen möge, brachte er hervor, nur ein paar eisige Sätze, die ihm lediglich dazu dienten, das Notwendige zu erfahren. Er benahm sich wie ein Buchhalter, der seine Konten überprüft und einen Verlust feststellt, unter den er feinsäuberlich zwei Striche zieht; damit war der Geschäftsvorgang erledigt, das Kontenblatt wurde abgeheftet und verschwand in den Akten wie ihre Ehe.

War das der Thomas, den sie kannte? Hatte er sich nur verstellt? Wollte er seine weiche Seite nicht zeigen? Verbot es ihm sein Stolz, sich vor ihr zu entäußern, und seine Gefühle preiszugeben? Hatte er deswegen regelrecht die Flucht ergriffen?

Obwohl die Fähre erst zwei Stunden später abfuhr, packte er seine Sachen zusammen und hastete davon. Am liebsten würde sie es ihm gleichtun und ebenfalls von dieser Insel verschwinden. Was sollte sie noch hier? Die Entscheidung war gefallen, jetzt brauchte sie auch nicht länger zu bleiben; allein der Gedanke, zu Hause wieder auf Thomas zu treffen, hielt sie davon ab. Wie könnte sie mit ihm noch zusammenleben? Es wäre wohl für beide qualvoll, den anderen täglich zu sehen. So schnell es eben ging, wollte sie zu Viktor ziehen. Wenn er doch nur endlich anriefe! Ihr beider Leben änderte sich grundlegend, und er trank gemütlich seinen Sonnabendnachmittags-Kaffee. Was wäre, wenn er von einer gemeinsamen Zukunft nichts mehr wissen wollte? Wenn er es sich anders überlegt hätte oder seine Frau plötzlich wieder vor der Tür stünde?

Dann wäre sie auf einmal ziemlich allein, und so fühlte sie sich jetzt schon; den einen hatte sie verlassen, und der andere … Ihre Unsicherheit wuchs, je später es wurde und die Zeit fürs Kaffeetrinken allmählich der Abendbrotzeit wich. Hätte er nicht schon längst seinen Besuch rausschmeißen können? Konnte er nicht nachempfinden, wie sehr sie seinen Anruf herbeisehnte? War es so schwierig, sich eine passende Ausrede einfallen zu lassen? Sie war es leid zu warten. Kurzentschlossen griff sie zum Telefon und wählte seine Nummer. Diesmal wurde sie nicht wieder vertröstet, Viktor teilte ihr mit, daß er eben zur Tür hereingekommen sei und die beiden Westphals sich verabschiedet hätten.

„Du kennst sie doch, sie haben meistens ein, zwei Flaschen dabei, die man unbedingt mal probieren müsse. Heute war es übrigens ein vorzüglicher Roter, den wir bis zum letzten Tropfen ausgetrunken haben."

Für einen Augenblick war es still in der Leitung, nur seine absolute Unbedarftheit und die Selbstverständlichkeit, mit der er ihr von seiner Zecherei berichtete, bremste sie in ihrem Wunsch loszuschreien.

„Du scheinst nicht gerade erpicht darauf zu sein, von mir zu erfahren, wie es ausgegangen ist."

„Bist du etwa sauer?"

„Ein bißchen schon; Schwamm drüber. Also, wir haben uns getrennt."

„Und wie hat er es aufgenommen?"

„Für meinen Geschmack etwas zu bereitwillig. Das Ganze hat keine halbe Stunde gedauert, dann hatte er nur noch das Bedürfnis, auf die Fähre zu kommen."

„Wäre es dir lieber gewesen, er hätte dir die Kleider vom Leib gerissen und dich verprügelt?"

„Ach, red keinen Quatsch! Aber so sang- und klanglos … Immerhin waren wir doch ziemlich lange zusammen. Darum hatte ich mich eigentlich auf eine etwas längere Auseinandersetzung eingestellt."

„Und jetzt bist du enttäuscht, daß er sich vor dir nicht in den Staub geworfen und keinen Widerruf erpreßt hat? Ich glaube, du hast ein wenig zuviel des Dramas erwartet. Sei doch froh, daß es halbwegs zivilisiert über die Bühne gegangen ist. Bei uns war es übrigens ähnlich, vielleicht noch kürzer. Brigitte kam in meine Werkstatt und erzählte mir was davon, daß sie sich verändern wolle, dies aber nicht allein, sondern sie habe da einen neuen Freund, der auf sie warte."

„Und du hast das einfach so hingenommen?"

„Was sollte ich denn tun? Sie war entschlossen wegzugehen, und hätte sich um nichts in der Welt davon abbringen lassen. Natürlich war ich wütend, enttäuscht, meine Stimmungen wechselten ständig, aber sie ist dann auch Gott sei Dank bald ausgezogen."

„Ich kann mir auch nicht vorstellen, noch lange mit Thomas zusammenzuleben."

„Das brauchst du ja auch nicht. Ich möchte dich

nur bitten, noch zwei oder drei Wochen zu warten, bis ich den Rathaus-Auftrag erledigt und ein paar Änderungen im Haus vorgenommen habe, bevor du einziehst. – Hallo? Bist du noch da?"

„Ja".

„Ach komm, Ina, sei nicht traurig, das letzte Stück bewältigst du auch noch. Nur zwei klitzekleine Wochen, und du hast es endgültig geschafft. Ich verspreche dir, daß wir es uns dann auch besonders schön machen werden."

Sie hatten nicht mehr lange am Telefon gesprochen. Er hatte noch ein paarmal versucht, sie aus ihren trüben Gedanken zu reißen, was ihm jedoch nur mäßig gelang. Vergeblich hatte sie darauf gehofft, daß er trotz seiner Rathaus-Sache etwas mehr Verständnis gezeigt und ihr angeboten hätte, sofort einzuziehen. Wenn er irgendwas in der Richtung gesagt hätte: „Ich freue mich auf dich, wenn du möchtest, dann komm doch morgen schon. Ich habe zwar noch zu tun, aber du weißt ja, wie das bei mir läuft."

Hatte er nur ein einziges Mal gesagt, daß er sich freue? Sie fragte sich, ob sie zu romantisch sei, ob sie zuviel erwarte, zuviel? angesichts der Tatsache, daß sie heiraten wollten. Davon war nun überhaupt nicht die Rede, sie hatten darauf zwar nie viele Worte verwandt, für sie war es aber immer selbstverständlich gewesen, daß es am Ende etwas Schriftliches zwischen ihnen gäbe.

Es ging ihr gar nicht vor allem um ihre Sicherheit, obgleich sie diese nicht gering schätzte, sie brauchte einfach das Gefühl von Zusammengehörigkeit, das vor aller Welt Bekräftigen, daß da zwei Menschen sich verbunden fühlten. In diesem Punkt war sie nun ganz konventionell und nicht bereit, irgendwelche Abstriche zu machen, auch weil sie sich allmählich zu alt wähnte für zeitweilige Wohnexperimente. Zu oft hatte sie es in ihrer näheren Umgebung erlebt, daß schon geringe Anlässe genügten, um wieder auseinander zu gehen, und man vor lauter Risikoscheu dann doch lieber allein blieb.

Mit sehr viel mehr Unsicherheit als sonst würde sie zunächst einmal auch leben müssen, woher sollte sie wissen, wie sie mit Viktor im Alltag zurechtkäme, sie hatten bisher nie mehr als die beiden Tage am Wochenende zusammen verbracht. Es wäre ja immerhin möglich, daß sie sich alles viel zu rosig ausgemalt hätte, und der freundliche Viktor sich als jemand ganz anderer entpuppte, obwohl sie das nicht wirklich glaubte und es auf ihre momentane Stimmung schob, von ihren Zweifeln derart niedergedrückt zu werden.

Wer sie am Fenster beobachtete, mußte den Eindruck gewinnen, da gehe eine Person ruhelos hin und her, welche vergeblich auf einen bestimmten Menschen warte. Sie hielt es immer nur für Momente auf ihrem Sofaplatz aus, ihre Gedanken sprangen so unvermittelt umher, daß sie Mühe hatte, einen klaren Entschluß zu fassen. Sie wollte vieles zugleich machen, dabei vergaß sie immer wieder aufs neue, daß sie vor Montag früh gar nicht von der Insel käme, wozu sie fest entschlossen war; ebenso hatte sie sich dazu durchgerungen, noch einmal mit Viktor zu sprechen, und diesmal wollte sie sich auf keine Frist einlassen, er mußte Farbe bekennen, wie er zu ihr stand, sie würde ihm keine Ausflüchte lassen, jetzt war er an der Reihe, ihr entgegenzukommen, und das wollte sie ihm sehr deutlich sagen.

5. Kapitel

Thomas hatte gründlich aufgeräumt. Sämtliche Bilder, auf denen sie zu sehen war, waren verschwunden, ebenso ihre Briefe, lediglich an ihren Sachen im Kleiderschrank war sie noch erkennbar, und auch das würde in Kürze vorbei sein, denn ein Stück nach dem anderen legte sie in ihren Koffer. Sie tat dies ohne innere Bewegung, als ob sie das Vergangene bereits hinter sich gelassen und abgeschüttelt hätte. Es gab nichts mehr, was sie mit Thomas verband, sie lebten die letzten Tage zwar noch unter einem Dach, gingen sich aber möglichst aus dem Weg und beschränkten den Kontakt auf das Allernotwendigste. Er hielt sich überwiegend in seinem Arbeitszimmer auf, in dem er auch aß und schlief, und selbst ihr Angebot, für beide zu kochen, hatte er abgelehnt. „Danke, von dir will ich nichts mehr!" waren seine Worte, wobei er das „Dir" besonders betonte und ihr das Gefühl gab, nahezu verbrecherisch gehandelt zu haben. Das Wenige, was er mit ihr sprach, hatte meist einen gereizten oder verletztenden Unterton, so daß sie jedesmal höllisch aufpaßte, wenn er in die Küche ging, um ein Zusammentreffen zu vermeiden.

Die Atmosphäre zwischen ihnen war für beide unerträglich geworden, keinen Tag länger würde sie es aushalten, mit dieser demonstrativen Nichtbeachtung zu leben, darum war sie heilfroh, daß Viktor den Einzugstermin von zwei bis drei Wochen auf zwei bis drei Tage verkürzt hatte. „Ich muß doch zumindest vorher ein paar Handtücher und Bettwäsche waschen", sagte er, „oder willst du das alles mitbringen?" Das hätte ihr zwar nichts ausgemacht, aber sie wollte sich nicht wegen ein bißchen Wäsche mit Viktor streiten, und jetzt war sie ganz froh, daß sie sich darum nicht auch noch kümmern mußte, denn es hatte sich doch manches angesammelt, was sie nicht mehr anzog und hier lassen würde. Ohnedies käme sie nicht umhin, ein zweites Mal zu kommen, denn ihre Bücher wollte sie nicht zurücklassen, alles andere würde sie Thomas abtreten, und das, wie sie überrascht feststellte, leichten Herzens.

Sie stand den Gegenständen seltsam distanziert gegenüber, als ob sie nur noch eine Ansammlung von x-beliebigen Möbeln wären, die nichts mehr mit ihr zu tun hätten. Etwas anderes war es mit ihrer alten Kleidung, von der sie sich nur schwer trennte und mit der sie noch am ehesten Erinnerungen verband, die sie rührten. Sie besaß sogar noch die Schuhe, die sie zu ihrer Hochzeit auf dem Standesamt getragen hatte: eine sehr hohe Pantolette mit hellem Keilabsatz und schwarzen Riemchen. Damals war sie überaus stolz, daß sie diesen Schuh gefunden hatte, denn er paßte farblich genau zu dem Kleid, das der Mode jener Zeit entsprach und wie ein antikes Gewand aussah. Komischerweise wußte sie nicht, wo das Kleid geblieben war, sie hatte es irgendwann vermißt, und es war nicht wieder aufgetaucht. Den Schuh hatte sie schon in der Hand gehalten und überlegt, ob sie ihn mitnehmen sollte, doch gerade noch rechtzeitig schoß ihr durch den Kopf, daß Viktor wohl kaum beglückt sein würde, wenn sie ihre Hochzeitsutensilien mitbrächte.

Sie hatte einige wenige Abschiedszeilen für Thomas vorbereitet, weil sie nicht wußte, ob er zu Hause sein würde, wenn sie ginge. Insgeheim wünschte sie, daß sie die Wohnung verlassen könnte, ohne ihm noch mal begegnen und sein abweisendes Gesicht wahrnehmen zu müssen. Doch danach sah es nicht aus, denn eben hörte sie seine Schritte auf dem Flur, die vor der Tür des Badezimmers halt machten und darin verschwanden. Wie oft hatte sie diese Geräusche gehört, wie vertraut waren sie ihr, daß sie ohne nachzusehen wußte, wo er sich gerade befand. In den letzten Tagen hielten sie entgegen ihrer sonstigen Gewohnheit alle Türen geschlossen, so daß sie schon überlegt hatte, ob sie anklopfen solle, als sie ihn gestern Abend davon unterrichtete, daß sie heute ausziehe. Kein Lichtschein drang durch die Tür, er lag im dunklen Zimmer auf der Couch, war aber offensichtlich wach, denn kaum war sie eingetreten, wurde sie von seiner Schreibtischlampe geblendet, die neben ihm auf einem Stuhl stand. Er hob nur kurz den Kopf, hörte sich an, was sie zu sagen hatte und machte das Licht wieder aus, ohne dabei die geringste Regung gezeigt zu haben.

Sein Gesicht war zu einer Maske geworden, der stille Vorwurf gegen sie lag wie eingebrannt in seinen Zügen und ließ sie mit einer Mischung aus Trotz und schlechtem Gewissen reagieren. Sie wagte gar nicht, einen anderen Ton anzuschlagen, als einen ausgesucht höflichen, der schon ins Devote und Demütige hineinspielte, doch wahrscheinlich hatte es wenig Zweck, eine passende Tonlage zu wählen, Thomas würde sich ihr gegenüber gleichwohl ablehnend verhalten. Es war sicher das Beste, ihn in Ruhe zu lassen, er war in einer Stimmung, in der man nur alles falsch machen konnte, und das bezog sich auch auf seine nähere Verwandtschaft. Sie hatte ihn durch die Tür brüllen hören, in einer Lautstärke, in der sie beinahe jedes Wort verstand und ein Satz sich ihr besonders einprägte: „Und was anderes hast du mir nicht zu sagen?"

Das konnte nur seine Mutter gewesen sein, mit untrüglicher Witterung hatte sie die Spur aufgenommen und nicht eher locker gelassen, bis sie alles erfahren hatte. Auch nach zwanzig Jahren Ehe hatte sie ihn wohl mit dem Vorwurf traktiert, nicht die richtige Frau geheiratet zu haben. Für sie muß es ein stiller Triumph gewesen sein, am Ende recht behalten zu haben. „Ich hab's ja immer gewußt!" – das waren mit Sicherheit ihre Worte, die ihm derart zusetzten, daß er mit aller Wucht den Hörer auf die Gabel knallte. Von der Seite durfte er nicht allzuviel Tröstliches erwarten, für seine Eltern und Geschwister stand immer die Arbeit auf dem Hof im Vordergrund, Zwischenmenschliches wurde ausgeblendet, nicht wichtig genommen. Man hatte sich in die Familie einzupassen, und seine Aufgaben zu erfüllen, darüber hinaus für Nachwuchs zu sorgen, und nach Möglichkeit ein gewisses Erbe mit in die Ehe zu bringen. Beides konnte sie nicht vorweisen; daß sie kein „schönes Stück Geld" besaß, wurde ihr wohl weniger übel genommen als ihre kinderlos gebliebene Ehe. Sie hatte Thomas nie danach gefragt, was er eigentlich seiner Mutter erzählt habe, warum dies so sei, es interessierte sie auch nicht, es war ihr im Grunde egal, die Hauptsache war, daß man sie nicht mit Fragen behelligte, sonst hätte sie ihre wenigen Besuche wohl ganz eingestellt.

Die Wahrheit wird er ihr kaum gesagt haben, das hätte sie nicht verstanden und ginge weit über ihren Horizont hinaus: Zwei Menschen, die zugeben, ohne Kinder glücklich zu sein, und das auch noch genießen; dabei hätte Thomas nichts dagegen gehabt, die treibende Kraft war eher sie, weil sie sich nicht von der Angst befreien konnte, über viele Jahre ihre Freiheit zu verlieren. Das war heute nicht anders, sie hat es keinen Tag bereut, kinderlos geblieben zu sein, auch Viktor hatte keine Kinder, sie brauchte sich Gott sei Dank nicht auf eine geballte Ladung Mißtrauen schlecht gelaunter Halbwüchsiger einzustellen, die zunächst einmal alles probieren würden, ihr das Leben nicht besonders leicht zu machen. Probleme bereitete ihr im Moment nur der Gedanke, daß Viktors Frau in irgendeiner Weise versuchen könnte, dazwischenzufunken, wenn sie erführe, daß Viktor nicht mehr allein lebte. Daß immer noch Bilder von ihr in seinem Haus herumstanden, behagte ihr ganz und gar nicht. Fast sah es danach aus, als ob sie so eine Art Pfand zurückgelassen hätte, welches ihr jederzeit das Zurückkommen garantierte.

Obwohl sie doch schon länger als zwei Jahre auseinander waren, hatte er nie von Scheidung gesprochen, selbst nicht im Zusammenhang mit ihren Hochzeitsplänen. Entweder war dieser Schritt für ihn so selbstverständlich, daß er ihn nicht erwähnte, oder er klammerte da geflissentlich etwas aus, womit er sich nicht beschäftigen wollte. Vielleicht nahm er diese Dinge nicht so wichtig, sie mußte ihm wohl ein wenig mehr Zeit gönnen und ihn nicht sofort nach ihrem Einzug damit bedrängen, sonst würde sie gleich zu Anfang alles verkehrt machen und Viktor den Entschluß bereuen lassen.

Etwas Angst hatte sie, das ließ sich nicht leugnen, aber war es damals mit Thomas nicht dasselbe? Jetzt käme ihr immerhin ihre Lebenserfahrung zugute, und die würde sie schon davor bewahren, bei den ersten Schwierigkeiten gleich ans Ende zu denken.

6. Kapitel

Etwas Neues hatte für sie begonnen; ein anderes Leben, mit einem anderen Mann, in einem anderen Haus. Noch fehlte ihr die Selbstverständlichkeit im Aneignen der Dinge, die sie umgaben, alles hatte ein wenig Ähnlichkeit mit dem Einzug in eine Ferienwohnung, wo sich das Zuhausefühlen auch erst einstellte, wenn alle Geräte ohne Bedienungsanleitung problemlos funktionierten. Doch im Unterschied zu einer Ferienwohnung, wo sie sich nie Gedanken über die Vormieter machte, kamen sie nun ganz von selbst und erinnerten sie bei jedem Möbelstück daran, daß nicht sie es war, die sie ausgesucht und in ihnen gelebt hatte.

Da gab es eine Vorgängerin, die mit viel Geschmack dieses Haus eingerichtet hatte, das fast nur aus Glas zu bestehen schien und in dem sie sich noch immer so fühlte, als ob sie zu Besuch hier wäre. Ein delikates Kapitel hatte sie bereits angesprochen, aber noch nicht geklärt: Was sollte aus dem Zimmer werden, das Viktors Ex-Frau bewohnt hatte? Es widerstrebte ihr, es so einfach in Beschlag zu nehmen, und sich dort niederzulassen, wo alles noch so war und von ihrer Persönlichkeit geprägt, als könnte sie jeden Moment zur Tür hereinkommen. Viktor hatte ihr angeboten, entweder die Zimmer zu tauschen oder neue Möbel anzuschaffen. Bisher war es dabei geblieben, ihre persönlichen Sachen, bis auf die Bücher, hatte sie alle im gemeinsamen Schlafzimmer untergebracht, das dafür zwar völlig ausreichte, aber nicht geeignet war, sich zurückzuziehen, da es wie die meisten Zimmer im Haus keine Zwischenwände und Türen besaß. Lediglich die beiden Räume von Viktor und seiner Ex-Frau machten da eine Ausnahme, und schon aus diesem Grund war sie daran interessiert, das Problem in nächster Zeit zu klären, wenn die ganzen Festivitäten endlich hinter ihnen lagen.

Sie hatten turbulente Tage erlebt; als herausragendes Ereignis natürlich die feierliche Einweihung von Viktors Skulptur auf dem Rathausplatz, die ein großartiger Erfolg war. Es gab kaum kritische Stimmen, was Viktor schon beinahe als störend empfand, denn eine lebhafte Diskussion wäre ihm eigentlich lieber gewesen, als diese glatte Annahme. Das begann schon auf dem Platz bei der Enthüllung des Denkmals, dem Augenblick, vor dem Viktor sich am meisten gefürchtet hatte und in seinen schlimmsten Träumen nur stumme Leute sah, die keine Reaktion zeigten, einfach dastanden und schwiegen. In der Realität trat das genau Gegenteil ein: Kaum war das Tuch weggezogen, prasselte auch schon der Beifall, sogar einzelne Bravo-Rufe waren zu hören. Beim anschließenden Empfang im Rathaus setzten sich die Lobpreisungen fort; der Oberbürgermeister fand sehr warme Worte der Anerkennung, der Kulturreferent und noch einige andere Wichtige der Stadt, deren Redeauszüge man am nächsten Tag in der Zeitung nachlesen konnte. Man hatte aus der Verschönerung des Rathausplatzes ein kulturelles Ereignis ersten Ranges gemacht und Viktor wie nebenbei zur lokalen Größe erhoben. Zwei Tage später konnte er schon wieder darüber spotten, nachdem sein Hochgefühl abgeklungen war: „Ich, Viktor Junge, der berühmteste Bildhauer zwischen Leine und Aller, beklatscht von den Honoratioren, beargwöhnt von den Kollegen, trinke auf das Wohl unserer kleinen Kunstmetropole, auf daß sie ihr Füllhorn weiter über uns ausschütten und es an Aufträgen nie mangeln möge."

Da war sogar etwas Wahres dran, denn man hatte ihm während des Essens im prunkvollen Rathaussaal mitgeteilt, daß man nun viel bessere Karten im Kulturausschuß habe und der Skulpturengarten im Schloßpark sich vielleicht doch noch realisieren lasse. „Wenn das klappt, lieber Herr Junge, dann sind Sie unsere allererste Wahl. Sollten wir einen Sponsor finden, geht das auch ohne öffentliche Ausschreibung über die Bühne." Bei diesen Worten des Kulturreferenten hatte Viktor Mühe, seine Genugtuung zu verbergen, endlich wurde ihm die Anerkennung zuteil, die er schon so lange vermißte und an die er nicht mehr recht glaubte. Er war in einer gehobenen Stimmung, wie sie selbst für ihn, den notorischen Optimisten, außergewöhnlich war. Keine Bemerkung war ihm zu dumm, jeder, der an ihn herantrat, und sie drängten sich förmlich an ihn heran, wurde mit einem freundlichen Lächeln oder einer ebensolchen Antwort bedacht, ja es sah so aus, als würde er davon nicht genug bekommen können, als sauge er alles in sich hinein, was man ihm unbilligerweise erst jetzt zukommen ließ.

Für sie war diese offizielle Feier eher ein notwendiges Übel, die gehörte nun mal dazu, und natürlich freute sie sich für ihn, worüber sie sich jedoch am meisten freute, war, daß Viktor nur für sie beide im Anschluß daran einen Tisch bestellt hatte, in einem Landgasthof draußen vor der Stadt. Daß er unbedingt im eigenen Auto dorthin wollte, behagte ihr weniger, denn sie hatten beide morgens nur eine Tasse Kaffee getrunken und den Rathaus-Sekt lediglich mit einem Lachs-Schnittchen genossen, weil vor vielem Reden an essen kaum zu denken war. Mit Argwohn schaute sie deshalb auf den Geschwindigkeitsanzeiger, dessen Nadel längst eine Höhe erklommen hatte, wie sie allenfalls auf Autobahnen zulässig ist, was Viktor nicht weiter störte, als er dann jedoch dazu überging, in Schlangenlinien zu fahren, und seine Hände zeitweise vom Lenkrad nahm, kehrte augenblicklich ihre Nüchternheit zurück. Sie schrie ihre Angst hinaus, daß er sofort damit aufhören solle, daß er nicht nur ihr beider Leben gefährde, sondern auch seine schöne Karriere, wenn sein Name im Polizeibericht vertreten sei.

Den Rest der Fahrt legten sie schweigend zurück, und auch im Lokal saßen sie sich zunächst wortkarg gegenüber, bis Viktor sein Glas erhob und sich entschuldigte, indem er herausstrich, wie froh er sei, daß er sie habe, denn schließlich müsse einer von beiden auf dem Teppich und also der Vernünftige bleiben. Sie selbst bemühte sich, diese Geschichte schnell zu vergessen, es war nun mal ein ganz besonderer Tag für ihn, und er würde auf der Rückfahrt keine Gelegenheit bekommen, sie in ein neues Abenteuer zu stürzen, denn sie war fest entschlossen, ein Taxi zu bestellen, zumal Viktor darauf bestanden hatte, eine Flasche Wein zu trinken, und vorweg einen Apéritif.

Es wurde ein ausgedehntes Essen, und beide nahmen keine Rücksicht darauf, daß sie am Abend noch eine kleine Feier für ein paar Nachbarn geplant hatten, die Karte war verlockend und sie hatten Hunger, ein elend leeres Gefühl im Magen, das nach der überstandenen Aufregung befriedigt werden wollte. So oft, wie an diesem Tag, hatten sie wohl noch nie ihre Gläser miteinander angestoßen, sie tranken auf seinen Erfolg – und das bestimmt ein gutes Dutzend Mal, auf ihre gemeinsame Zukunft, ihre Liebe, ja eigentlich auf alles, was ihnen wichtig und weniger wichtig war. Ihre Stimmung hatte sich wieder dem ausgezeichneten Essen angeglichen, bei dem vor allem die Frische der Speisen bestach, und Viktor glänzte einmal mehr als Unterhalter, indem er aus gegebenem Anlaß sich besonders das Rathauspersonal vorknöpfte:

„Der Kulturreferent ist ganz in Ordnung, der versteht wenigstens was von Kunst, aber die anderen … o Gott, o Gott, o Gott! Man merkt immer gleich an den verschwurbelten Formulierungen, zum Beispiel unseres lieben Oberbürgermeisters, daß deren Verhältnis zu künstlerischen Dingen nichts anderes ist als ein lästiger Tagesordnungspunkt, der irgendwie abgehakt werden muß und bei dem mal wieder 'ne schöne Rede fällig ist, plus ein wenig Repräsentation. Außerdem gibt es Bilder in der Zeitung, und das kommt beim Wähler ja auch immer gut an. Deren Interesse geht doch höchstens noch dahin: Wenn unsere Nachbarstadt A. sowas hat, na dann müssen wir auch sowas haben! Und unsereiner muß froh sein, wenn ab und zu überhaupt mal was abfällt. – Auf die armen Künstler! – die reichen können sich selber helfen."

Sie mochte nicht widersprechen, obwohl sie seine Suada eher mit gemischten Gefühlen angehört hatte, denn diese Stadt lebte nun mal nicht von der Kunst und dem Fremdenverkehr, sondern von der Industrie. Als einzigen Einwand wagte sie vorzubringen, daß in den großen Städten wahrscheinlich auch kein anderes Kunstverständnis vorherrsche. Doch damit hatte sie erst recht bei Viktor einen Nerv getroffen:

„Wo steht denn geschrieben, daß jeder Bürgermeister unbedingt ein Jurist sein muß? Die haben doch für alles mögliche ihre Referenten, also werden auch Dichter oder Komponisten in der Lage sein, die notwendigen Entscheidungen zu treffen. Es würde sich segensreich für jede Stadt auswirken, wenn diese Dinge endlich mehr in den Vordergrund geschoben würden. Womit identifizieren sich denn die Leute in einer Stadt? Mit ihrer Geschichte. Und wo wird diese Geschichte am augenfälligsten? In den Baudenkmälern, den Kirchen, den historischen Gebäuden, der Malerei, den Skulpturen – und nicht in der Wurstfabrik Müller & Söhne."

„Warum gehst du nicht in die Politik? Die Leidenschaft dafür hast du jedenfalls."

Diese Frage hatte offensichtlich noch niemand an ihn gerichtet, denn es dauerte ein wenig, bis er seine Verblüffung überwunden hatte und ziemlich ernst darauf antwortete:

„Ich glaube, meine Leidenschaft ist am besten in der Bildhauerei aufgehoben. Für die Politik brauchst du einen langen Atem – und nur in irgendwelchen

Ausschüssen rumsitzen, dafür eigne ich mich nicht. Bei der Bildhauerei sehe ich, was ich gemacht habe, das ist mein eigenes, unverwechselbares Werk. In der Politik ist es schon was Besonderes, wenn du mal mit einem Satz im „Spiegel" zitierst wirst."

„So denken deine Kollegen vermutlich auch."

„Das mag sein. Aber dann muß man ihnen eben die Ochsentour ersparen und ihnen ein Amt antragen, ohne daß sie erst beim Kassierer anfangen müssen. Und damit wir uns nicht mißverstehen: Sie sollen nicht zur Zierde einer Stadt gewählt werden, sondern helfen, daß die Prioritäten anders gesetzt werden."

„Wenn dir das so wichtig ist, warum sprichst du das nicht am Sonnabend an? Da kommen doch ein paar Kulturleute von der Stadt."

Genaugenommen waren es zwei: der Ausschußvorsitzende und der Kulturreferent. Viktor hatte sie spontan eingeladen, und sie hatten zugesagt, was dann auch tatsächlich geschah. Dieser Sonnabend war in jeder Hinsicht ein denkwürdiger Tag: Viktor baute seine Kontakte aus, und sie lernte seine Ex-Frau kennen – von ihm heftig bestritten, sie überhaupt eingeladen zu haben, was sie ihm sogar glaubte. Wahrscheinlich hätte sie ihre Anwesenheit in dem Trubel gar nicht bemerkt, wenn sie nicht plötzlich vor ihr gestanden und sich vorgestellt hätte:

„Sie sind also Viktors Neue? Wenn Sie so wollen, bin ich die Alte. Es ist schön, daß wir uns mal kennenlernen. Ich will die Gelegenheit benutzen, meine Sachen abzuholen. Ich hoffe, es stört sie nicht, daß ich heute hier bin?"

Darauf konnte sie schlecht antworten: „Und ob es mich stört – es stört mich sogar ganz gewaltig!" Sie spielte weiter die gute Gastgeberin und rang sich mit Mühe einige belanglose Worte ab, perplex wie sie war; als jemand nach ihr rief, dankte sie dem Himmel, aus dieser peinlichen Situation befreit worden zu sein. Niemand nahm offenbar Anstoß daran, daß seine Ex-Frau aufgekreuzt war, für die meisten schien es selbstverständlich, daß sie es nicht bei einer Glückwunschkarte belassen hatte, sondern persönlich erschienen war. Obschon sie sich krampfhaft darum bemühte, ihre Eifersucht zu unterdrücken, sackte ihre Stimmung mehr und mehr ab, so daß sie schließlich in Viktors Zimmer flüchtete und sich am liebsten den ganzen Abend dort verkrochen hätte. Gleichwohl machte es sie zornig, daß keiner nach ihr sah, und als Viktor endlich erschien, drehte sie ihm demonstrativ den Rücken zu.

„Wieso bist du denn nicht unten?"

Sie verharrte in ihrer Position am Fenster und war nicht gewillt, auf seine Frage einzugehen. Er versuchte es erneut, diesmal mit mehr Nachdruck in der Stimme:

„Ina, was soll denn das? Warum gibst du mir keine Antwort?"

Sie drehte sich ruckartig um, musterte ihn verächtlich und überzog jedes Wort, das sie sich zurechtgelegt hatte, mit einer kaum mehr steigerungsfähigen Schärfe:

„So, du willst also eine Antwort von mir? Ich denke, du bist *mir* zuerst mal eine schuldig. Oder warum erfahre ich mit keinem Wort, daß du deine

Ex-Frau eingeladen hast? Ich hätte ja auch ebensogut meinen Ex-Mann einladen können. Hätte *dir* das gefallen?"

„O Gott, ich hab' sie doch gar nicht eingeladen! Ich war doch selbst überrascht, als sie auf einmal in der Tür stand. Sie muß von der Feier irgendwie Wind bekommen haben. Nun laß dir doch um Gottes willen nicht die Laune verderben!"

Er machte ein paar Schritte auf sie zu und nahm sie in den Arm, was sie sich zwar gefallen ließ, doch ihr Körper blieb steif und erwiderte seine Zärtlichkeit nicht. Schon beinahe flehentlich bat er sie, seiner Ex-Frau nicht auch noch einen Gefallen damit zu tun, wenn sie sich in seinem Zimmer einbunkere. Doch sie kannte sich viel zu gut, um nicht zu wissen, daß ihre Verstimmung mindestens zwei Tage andauern würde, trotzdem mußte sie Viktor im stillen recht geben, denn wenn sie eines nicht wollte, dann war es das, den Eindruck zu erwecken, als ob sie freiwillig das Feld geräumt hätte.

7. Kapitel

Am nächsten Tag, sie saßen bei einem späten Frühstück, klingelte es an der Tür. Da Viktor sie vorgewarnt hatte, seine Ex-Frau wolle ihre Bilder und ein paar persönliche Sachen abholen, war sie nicht wirklich überrascht und durchaus darauf eingestellt, dieses Zusammentreffen auch noch zu überstehen. Als Viktor sie jedoch zu einer Tasse Kaffee einlud, fand sie diese Geste im höchsten Maße unangebracht und vollkommen überflüssig. Nur Viktors fester Blick hielt sie davon ab, den Tisch zu verlassen. Er stellte ihr eine Tasse hin, und sie bediente sich so selbstverständlich von dem Kaffee, als ob sie noch immer hierhergehörte. Vielleicht, weil sie merkte, daß sie der Grund für die Irritation bei ihrer Nachfolgerin war, schaute sie ausschließlich Viktor an, als sie von dem „gelungenen" Fest sprach und davon, daß sie in ihrem ehemaligen Zimmer eingeschlafen und erst um sechs Uhr morgens aufgewacht sei.

„Ach, du warst das!" sagte Viktor. „Wir hatten schon an Einbrecher gedacht, waren aber viel zu kaputt, um uns darum zu kümmern. Wenn Ina mich nicht geweckt hätte, hätte ich überhaupt nichts gehört."

„Du hattest ja schon immer einen gesunden Schlaf. Ich habe mich aber auch bemüht, so leise wie möglich zu sein. Eigentlich ist Frank daran schuld, daß ihr mich mit einem Einbrecher verwechselt habt, denn er braucht unbedingt diesen Kunstband über die Malerei der letzten Hundert Jahre. Er plant so etwas wie eine

Jubiläums-Ausstellung, und da ich wußte, daß der Band noch hier ist, wollte ich nur ein bißchen darin rumblättern und muß wohl darüber eingeschlafen sein."

„Frank, Frank ... den Namen habe ich doch in den letzten Tagen irgendwo gehört oder gelesen."

„Lauterbach. Ja, seine Galerie besteht im Herbst fünfzig Jahre, und sie haben ein kleines Interview mit ihm im Radio gemacht."

„Wirst du auch in dieser Ausstellung vertreten sein?"

„Durchaus möglich. Die Konzeption steht zwar noch nicht vollständig, aber meine letzten Arbeiten, die sich wieder mehr im Gegenständlichen bewegen, passen da ganz gut hinein."

Viktor setzte ein süffisantes Lächeln auf und sagte: „Deine Fähigkeit, eine bestimmte Richtung zu erahnen oder zu erspüren ist wirklich bewunderungswürdig."

„Dann bist du also der Meinung, nur wenn man sich nicht weiterentwickelt, bleibt man sich treu?"

„Ich weiß nicht, ob das mit Entwicklung zu tun hat oder vielmehr damit, auf einen Trend zu setzen."

„Trend, Trend ... Du glaubst doch nicht im Ernst, daß man in der Kunst auf irgendeinen Trend setzen kann? Das ist doch nicht wie in der Mode, wo man alle sechs Monate etwas Neues kreiert."

„Ach, und ums Verkaufen geht's wohl nicht?"

„Natürlich geht es auch ums Verkaufen. Das müßtest du doch am besten wissen. Oder bist du keine Kompromisse eingegangen bei deiner Skulptur? Hätte die bei einem anderen Auftraggeber auch so konventionell ausgesehen?"

„Danke für deine ehrliche Meinung. Ich war doch schon immer ein konventioneller Künstler, das weißt du doch; insofern bin *ich* mir treu geblieben, im Gegensatz zu dir."

„Nun sei bitte nicht gleich beleidigt! Du weißt schon, wie ich das meine. Ich wollte um Himmels willen nicht deine Arbeit abwerten; das sind doch nur Stil- und keine Qualitätsfragen."

„Da kann ich ja von Glück sagen, daß du mir zumindest Qualität zugestehst. Aber ich denke, du solltest jetzt anfangen, deine Sachen zusammenzusuchen. Es ist spät geworden, und ich möchte noch arbeiten."

Das war eine unmißverständliche Aufforderung, der sie auch gleich nachkam, nicht ohne noch einen spöttischen Blick auf Viktor zu werfen, und unmerklich den Kopf zu schütteln. Viktor erhob sich ebenfalls und verschwand in seinem Atelier. Ina sah es als das Beste an, ihn jetzt allein zu lassen; statt dessen räumte sie das Geschirr ab, zog ihre Jacke an und ging nach draußen.

Zuviel war in den letzten Tagen auf sie eingestürmt, als daß ihre Aufmerksamkeit sich mit dem ringsum erwachenden Grün hätte beschäftigen können; die Knospen an den Bäumen glänzten prall in der Sonne, und es würde wohl nicht mehr allzu lange dauern, bis sich die wärmeren Tage endgültig wieder durchsetzten. Es war ihr ziemlich egal, wo sie ihren Fuß hinsetzte, sie wollte nur möglichst weit gehen und in den nächsten zwei bis drei Stunden auf keinen Fall das Haus betreten. Fast schämte sie sich bei dem Gedanken, daß ihr der Streit zwischen Viktor und seiner Ex-Frau nicht ungelegen kam, denn nun stand sie nicht mehr allein da in ihrem Groll, jetzt hatte sie etwas, das sie beide verband, und sie würde bestimmt kein weiteres Mal von Viktor hören, daß sie sich nicht die Laune verderben lassen solle. Die entsprechende Bitte könnte sie jetzt ebensogut an ihn richten, aber es wäre wohl klüger, ihn nicht noch zusätzlich zu reizen, und daß er gereizt auf ihre Kritik reagiert hatte, war offensichtlich.

Wann immer sie bisher an seine Ex-Frau gedacht hatte, beherrschte sie ein Gefühl der Eifersucht, vor allem war sie eifersüchtig auf ihren Beruf, auf ihr Künstlertum. Sie hatte geradezu ideale Vorstellungen davon entwickelt, wie sich zwei Menschen in ihrer künstlerischen Arbeit gegenseitig ergänzen und stützen könnten, ja daß es eigentlich nichts Erstrebenswerteres gäbe, wenn der eine den anderen in seinem Tun befruchtete und umgekehrt. Nie wäre ihr eingefallen, daß es so etwas wie Konkurrenz zwischen einem Ehepaar geben könnte, daß ganz gewöhnliche Neidgefühle eine Rolle spielten, von denen beide wohl nicht frei waren, auch wenn sie die Trennung mit berücksichtigte. Vielleicht war es kein Zufall, daß Viktor nun mit ihr zusammen war, der Nicht-Künstlerin; von ihr hörte er keine Kritik – im Gegenteil, sie fand alles wunderbar, was er machte, ihre naive Bewunderung konnte er jedenfalls besser aushalten, als spitze Bemerkungen von seiner Ex-Frau. Nie würde ihr in den Sinn kommen, an einem seiner Kunstwerke herumzumäkeln, dazu hatte sie einfach viel zu großen Respekt vor allem, was mit Kunst zu tun hatte; sie fühlte sich mit ihm nicht auf derselben Ebene und käme sich nur lächerlich vor, wenn sie ihm plötzlich vorschlüge, statt Blau lieber Gelb zu nehmen. Sie würde ja auch keinem Arzt anraten, ein anderes Rezept auszustellen, als das von ihm beabsichtigte. Wie käme sie dazu, sich in Dinge zu mischen, von denen sie nichts verstand? Waren ihr nicht auch solche Menschen bei weitem sympathischer, die lieber den Mund hielten, als mit neunmalklugem Reden nur ihre Unwissenheit zu offenbaren? Allerdings, und das mußte sie sich auch eingestehen, war sie für Viktor in dieser Hinsicht die bequemere Partnerin, eine bei der er selbst im größten Streit nicht damit rechnen müßte, Abfälliges über seine Kunst zu hören. Aber schließlich verbot er ihr ja nicht, sich über diese Dinge zu informieren, und demzufolge lag es nur bei ihr, ein wenig unbequemer zu werden. Vielleicht erwartete er das sogar von ihr, denn in nächster Zeit standen eine Reihe von Ausstellungseröffnungen an, zu denen sie eingeladen waren, und die Viktor im Moment nicht ablehnen mochte, weil er sich den einen oder anderen Auftrag davon versprach.

Wenn sie an ihre Rolle dabei dachte, fühlte sie sich selbst wie ein Ausstellungsstück: lächeln, Händeschütteln, lächeln, Händeschütteln. Obschon ihr nicht entgangen war, daß es den wenigsten um die Kunst ging, sondern das gesellschaftliche Ereignis im Vordergrund stand, kam es ihr jedesmal so vor, als ob sie auf der falschen Veranstaltung wäre, die mit ihr nicht das geringste zu tun hätte. Viktor mußte diese „Events" notgedrungen ernst nehmen, wenngleich er selbst oft genug darüber spottete, doch wollte er im Geschäft bleiben, war er gezwungen, den gesellschaftlichen Auftrieb in Kauf zu nehmen. Für ihn war es eine Kontaktbörse, auf der er wichtige Leute traf und sich in Erinnerung brachte; daß seine Begleiterin über ihren repräsentativen Part hinaus auch ein paar substantielle Sätze dazu äußerte, konnte sicherlich nicht schaden.

Bisher half sie sich damit, wenn sie auf ihr Urteil angesprochen wurde, daß sie leider das meiste noch nicht gesehen habe, um sich eine Meinung bilden zu können. Doch diese, wie sie meinte, geschickte Ausrede, auf die sie sogar ein bißchen stolz war, würde sie nicht bis in alle Ewigkeit anbringen können. Da man fast immer dieselben Leute traf, müßte sie sich früher oder später etwas Neues einfallen lassen, denn sonst wäre sie bald als jemand abgestempelt, dem es offensichtlich an einer eigenen Auffassung mangelte. Sie selbst könnte damit leben, aber Viktor würde es irgendwann stören, dessen war sie gewiß. Wenn sie eines Tages versteckte Vorwürfe zu hören bekäme, wäre es vielleicht schon zu spät, um darauf entsprechend zu reagieren.

So gern, und soviel er redete, was ihr beider Verhältnis oder das zu seiner Ex-Frau anging, blieb er auffällig verschlossen; sie sprachen kaum über sich selbst, seine Gefühle waren in seiner Bildhauerei aufgehoben, was ihn darüber hinaus bewegte, teilte sich ihr nur selten mit. Sie lebte jetzt ganz unmittelbar in seiner Welt, wonach sie sich gesehnt und was sie immer gewollt hatte, in der sie ihren Platz erst finden mußte; noch fühlte sie sich unsicher, wie ein Gartenbesitzer, der seinen Ziergarten über Nacht in einen

Nutzgarten verwandelt sieht und davor zurückscheut, die Pflanzen zu verarbeiten und aufzuessen.

8. Kapitel

Sie war fünf Minuten eher da, überflog kurz die Tische und entdeckte zu ihrer Freude, daß Katja bereits an einem in der hinteren Fensterreihe Platz genommen hatte. Die Begrüßung war überaus herzlich, denn beide hatten sich längere Zeit nicht gesehen, wenn sie auch in loser telefonischer Verbindung standen. Da sie schon in der Klinik mit den Patienten zusammen gegessen hatte, bestellte sie sich nur ein Stück Kuchen, während Katja einen großen Salat mit Putenfleisch nahm. Bevor sie in das Gespräch einstiegen, blickten sie sich erst eine Weile unverwandt an und bestätigten sich gegenseitig ihr gutes Aussehen, was für Katja nun immer eine besondere Bedeutung hatte und wohl nie mehr nur ein flüchtiges Kompliment sein konnte, wie das früher der Fall war. Sie bekräftigte denn auch, daß es ihr gut gehe und sie seit kurzem wieder arbeite.

„In deiner Zeitung?"

„Ja, aber nicht mehr bei den täglichen Meldungen, sondern ich arbeite jetzt an der Sonntagsbeilage mit, brauche also nicht ständig in der Redaktion zu sein, und habe weniger Druck."

„Das ist ja anständig von ihnen, daß sie an dir festgehalten haben."

„Tja", erwiderte Katja und dabei grinste sie über das ganze Gesicht, „die verzichten eben nicht gerne auf eine gute Redakteurin. Aber im Ernst, so sicher ist mein Arbeitsplatz natürlich nicht mehr. Die Beilagen werden zuerst eingespart, wenn die Zahlen nicht mehr stimmen. Und daß es den Zeitungen im Moment gut geht, kann man nicht behaupten. Es gibt immer mehr freie Journalisten, die sich nur mühsam durchschlagen, was wiederum Einfluß auf die Bezahlung hat."

„Aber bei euch ist doch noch alles in Ordnung, oder?"

„Zur Zeit noch. Wir machen uns natürlich schon unsere Gedanken, auch wenn wir das Thema möglichst meiden, sonst kannst du nicht ordentlich arbeiten. Wenn sie wirklich Entlassungen planen, erfährst du das als Betroffene sowieso erst ganz zuletzt; obwohl das bei der augenblicklichen Lage auf dem Zeitungsmarkt auch egal wäre, denn Chancen, irgendwo anders unterzukommen, hast du eh keine. Vielleicht sollte ich auf Ernährungsberaterin umschulen."

„Na ja, ob mein Arbeitsplatz so krisenfest ist, das ist auch noch die Frage. Wenn die Krankenkassen meinen, es gebe zuviel Rehakliniken, muß die eine oder andere eben schließen, da fackeln die nicht lange. Das geht heute meist in aller Stille vor sich, und ob sich andere Institutionen nach einer Ernährungsberaterin reißen, da bin ich sehr skeptisch. Eventuell mache ich dann ein Lokal auf ..."

„Was? Davon hast du mir ja noch gar nichts erzählt. Im Ernst, hast du das wirklich vor?"

„Ich habe zumindest schon mal mit dem Gedanken gespielt, wobei Viktor mich übrigens sehr lieb unterstützt hat. Ganz abgesehen davon, ob ich meinen Arbeitsplatz behalte oder nicht, ich kann mir nur schwer vorstellen, diesen Job noch zwanzig Jahre auszuüben. Ich würde gern was Neues machen, etwas, das mich noch mal fordert, und selbständig ein kleines Lokal zu führen, wäre für mich, so glaube ich wenigstens, genau das Richtige."

„Hast du denn schon konkrete Pläne?"

„Nein, soweit ist es noch nicht. Aber ich fange an, mich immer stärker mit dem Gedanken anzufreunden. Ich merke, daß ich mir Speisekarten genauer anschaue oder Einrichtungen, mir die passende Lage überlege, was ich für Leute ansprechen will – und so weiter, und so fort. Noch bin ich über dieses Stadium nicht hinausgekommen, aber daß ich meine Pläne noch mal aufgeben werde, kann ich mir auch nicht vorstellen."

„Na, ich bin gespannt, ob ich eines Tages bei dir mein Glas Wein trinke. Wenn ich dann arbeitslos sein sollte, fange ich in deinem Lokal als Kellnerin an."

Beide mußten lachen, und das führte sie vom Thema weg und schob Katjas eigentliches Anliegen in den Vordergrund:

„Nun erzähl' doch mal, wie war denn euer Fest am Samstag?"

„Gemischt."

„Gemischt? Wie meinst du das?"

„Ach Katja, wenn ich an dieses Wochenende denke, und es kann ja sein, daß ich mich ziemlich blöd verhalten habe, fällt mir zunächst nur seine Ex-Frau ein ..."

„Gitta war auch da?"

„Ja, plötzlich steht eine gutaussehende Frau vor mir, Typ: 'Wo-ist-das-Problem, Das-kriegen-wir-alles-Geregelt', und stellt sich mir als Viktors Ex vor.

Ich war dermaßen unangenehm überrascht, daß mir immer noch nicht einfällt, was ich überhaupt gesagt habe; wahrscheinlich den größten Mist. Und am anderen Tag, am Sonntag also, sitzt diese Person mit uns am Frühstückstisch, trinkt ganz gemütlich mit uns Kaffee und fängt mit Viktor eine Diskussion über Kunst an – ach was, Diskussion, gestritten haben sie, sich gegenseitig beleidigt, so daß Viktor am Ende aufgestanden ist und ihr unmißverständlich gesagt hat, sie solle ihre Sachen zusammensuchen und verschwinden."

„Oh, Oh – wie peinlich! Warum ist sie denn eigentlich gekommen, wegen ihrer Bilder?"

„Ach, das war doch nur ein Vorwand! Sie wollte sicherlich mal die 'Neue' kennenlernen – und wer weiß, vielleicht ist Viktor für sie jetzt wieder interessanter geworden ... Und das Schönste kommt noch: Morgens um sechs Uhr schleicht sie durchs Haus, weil sie angeblich in ihrem ehemaligen Zimmer über einem Buch eingeschlafen ist."

„Na, das reicht ja fürs erste!"

Als ob das wirklich erst mal genug gewesen wäre, erstarb das Gespräch; beide blickten für ein paar Augenblicke auf ein vorbeiziehendes Schiff, ehe Katja den Faden wieder aufnahm und sagte:

„Ich glaube, wegen Gitta brauchst du dir keine Sorgen zu machen. Soweit ich das überblicken kann, war die Ehe schon längere Zeit nicht mehr in Ordnung. Insofern war Gittas Schritt nur konsequent. Und daß die beiden sich in Gegenwart von Freunden gestritten haben, habe ich selbst erlebt. Wenn es erstmal soweit gekommen ist, dann ist das meist ein untrügliches Zeichen dafür, daß es nicht mehr stimmt. Und dann spielt es auch keine Rolle, ob die wegen lächerlicher Kleinigkeiten in Streit geraten – auf den Ton kommt es an, und der war so richtig schön giftig – unangenehm, sehr unangenehm."

„Hat es zwischen den beiden so etwas wie eine Konkurrenzsituation gegeben?"

Katja überlegte einen Moment und meinte dann: „Das könnte sein, muß aber nicht. Sie ist ja keine Bildhauerin, aber daß sie größere Erfolge hat, das glaube ich schon. Irgendwer hat mal gesagt, daß sie die Begabtere von beiden sei. Mir persönlich haben ihre Bilder immer gut gefallen, die würde ich mir jederzeit in mein Wohnzimmer hängen, wenn ich sie bezahlen könnte."

„Bezahlen könnte?"

„Ja, sie konnte damals schon für ein Bild zwischen dreitausend und viertausend Mark verlangen. Mittlerweile dürften die Preise wohl noch ein bißchen angezogen haben."

„Warst du oft bei ihnen zu Besuch?"

„Oft? – nein, wir sind ein-, zweimal zusammen in Urlaub gefahren, haben uns gegenseitig zu Geburtstagen eingeladen und uns auf Ausstellungen getroffen, weil mein damaliger Freund auch Maler war. Zum Essen sind wir häufiger zusammengekommen, aber nicht zu Hause, sondern in Restaurants."

„Dann wart ihr ja eine Zeitlang ziemlich dick befreundet …"

„Das kann man so sagen, ja – obschon die Freundschaft wohl eher die drei Künstler betraf; die leben nun mal in ihrer eigenen Welt und interessieren sich kaum für deine Belange. Bei mir ist das noch was anderes, weil ich bei der Zeitung beschäftigt bin und also Zugang zur Öffentlichkeit habe. Der eine oder andere Artikel ging auch auf meine Veranlassung zurück, indem ich den Kontakt zur Redaktion hergestellt habe."

„Und sonst?"

„Und sonst stand natürlich immer die Kunst im Mittelpunkt. Für mich ist da schon einiges abgefallen an Wissenswertem; du weißt ja, ein Journalist, der nicht neugierig ist, hat seinen Beruf verfehlt. Aber es kann auch sehr anödend sein, wenn es ausschließlich um Farbmischungen und solche Dinge geht. Da muß man manchmal brutal intervenieren, sonst bleibt man als Person auf der Strecke und wird nicht zur Kenntnis genommen."

Ob es von Katja beabsichtigt war, ihr gleichsam eine Handlungsanleitung mit auf den Weg zu geben? Wie dem auch sei, der letzte Satz hatte sich jetzt schon tief in ihr Gedächtnis gegraben, gewissermaßen als Erinnerungsposten, wenn sie wieder mal das Gefühl haben sollte, zu sehr in den Schatten geraten zu sein.

9. Kapitel

Mehr als einmal hatte sie in den vergangenen Tagen an das Gespräch mit Katja denken müssen. Stets stellte sich eine gewisse Befriedigung ein; der leise Stachel, den sie beständig verspürte, war fühlbar geschrumpft, wenn sie sich Viktors erste Ehe vergegenwärtigte. Sie hatte seine Frau als Bedrohung empfunden, auch wenn das mehr mit ihrem Beruf als mit ihrer Person zusammenhing, war Eifersucht das beherrschende Gefühl, das sicher nicht in dem Maße von ihr Besitz ergriffen hätte, wenn sie Lehrerin oder Finanzbeamtin wäre. Daß Viktor von seinem Künstlertum nicht viel Aufhebens machte und ihre Bewunderung für alles Künstlerische immer herunterspielte, half ihr nicht wirklich; was ihr half, war Katjas Bestätigung dafür, daß die Ehe offenbar heillos zerrüttet war. Nur ein einziger Satz von Viktor in diese Richtung hätte genügt, um wesentlich zu ihrer Beruhigung beizutragen.

Im Gegensatz zu ihm, war seine Ehe für sie kein abgeschlossenes Kapitel, wie sie sich eingestehen mußte, sonst würde sie gleichgültiger reagieren und Viktor alle Zeit der Welt lassen, bis er den Trennungsschritt auch offiziell vollzöge. Erst wenn er tatsächlich geschieden wäre, würde sie sich erlöst fühlen. Sie kannte sich viel zu gut, um über diesen Tatbestand kühl hinweggehen zu können; auch im Zusammenleben mit Viktor war ihr dieses Stück Sicherheit wichtig, das sie brauchte, um wirklich heimisch zu werden.

Er hatte in dieser Hinsicht ein anderes Naturell, für ihn genügte es offenbar, daß er getrennt von seiner Frau lebte, eine amtliche Bestätigung war da eher nebensächlich. Zu seinen Gunsten hatte sie auch schon überlegt, ob es unklare Vermögensverhältnisse waren, die ihn davon abhielten, die Scheidung einzureichen. Soweit er sie darin eingeweiht hatte, wußte sie lediglich, daß er das Haus von seinen Eltern geerbt und später auf seine Kosten umgebaut hatte. Über weitere Vermögenswerte war sie nicht informiert, hielt es auch für unpassend, darüber zu spekulieren, oder ihn gar auszuhorchen. Sie hatte ihren Beruf und brauchte sich Gott sei Dank um diese Frage nicht zu kümmern – vorerst nicht, denn das gleiche Problem käme bei ihrer eigenen Scheidung ebenso auf sie zu, wenn es darum gehen würde, die Anteile an der Eigentumswohnung zu berechnen. Denn darauf wollte sie auf keinen Fall verzichten, das Geld hatte sie bereits verplant – teils für ihre Altersversorgung, teils für das Lokal, welches in ihren Überlegungen allmählich zur festen Größe geworden war. Allerdings war sie nicht bereit, sich auf ein finanzielles Abenteuer einzulassen, deshalb käme sie wohl nicht daran vorbei, einen konkreten Plan zu erstellen, und sich von einer einschlägigen Institution beraten zu lassen.

Sie schwankte immer noch, welchen Schwerpunkt sie setzten sollte: mehr in Richtung Restaurant oder Café oder einer Mischung von beidem. Wenn sie an ihren neuen Wohnort dachte, der gerne von Touristen aufgesucht wurde, wäre ein Café wohl am besten geeignet, auch im Hinblick darauf, Geld zu verdienen.

Zur Not käme sie in einem kleinen Café ohne fremde Hilfe aus, was in einem Restaurant sicherlich nicht der Fall wäre; der springende Punkt jedoch war die Arbeitszeit – wenn sie die Stunden zusammenzählte, die fürs Einkaufen, Vorkochen und Kochen anfielen, müßte sie ihre Erholungsphase in die Zeit nach Mitternacht legen. Dazu war sie denn doch nicht bereit, um ihret- und Viktors willen. Ein Café wäre leichter zu betreiben; sie brauchte einen guten Konditor, bei dem sie den Kuchen bestellen konnte, ein paar selbstgemachte Süßspeisen (einfache und raffinierte), um sich von den anderen Cafés abzuheben, und eine individuelle Einrichtung, die weder die Alten noch die Jungen verschreckte. Vielleicht könnte sie sogar Viktor überreden, sich von einigen seiner Bilder zu trennen, um sie wie in einer ständigen Ausstellung zu präsentieren und zu verkaufen.

Der Gedanke gefiel ihr, gefiel ihr so ausnehmend gut, daß sie sich aufs schönste ausmalte, wie sie gemeinsam mit Viktor die Bilder aussuchte und in gewisser Weise nun selbst zu einer Ausstellungsmacherin aufstieg. So würde ihr über den Umweg Café doch noch eine aktive Rolle zufallen, und sie könnte anhand von echten Bildern ihr Auge schulen, was sicherlich mehr Spaß brächte, als Kataloge zu wälzen. Und gleichsam wie nebenbei rückten ihre Welten näher zusammen, der Gesprächsstoff ginge ihnen nicht mehr aus, sie wäre ein Teil des Kunstgeschehens geworden, zwar kein bedeutender, aber immerhin … Dann würde für sie dasselbe gelten wie für Katja: Auch sie könnte nun ihr Gewicht herausstreichen, indem sie Wände vermittelte, und je nachdem wie der Verkaufserfolg wäre, wüchse ihr Gewicht weiter.

Sie brauchte sich ja nicht nur auf Viktors Bilder zu beschränken, er war nun mal in erster Linie Bildhauer und hätte bestimmt nichts dagegen, wenn seine Künstlerkollegen auch bei ihr ausstellten. Doch dazu benötigte sie seinen Rat, denn wenn sie ihre Pläne verwirklichen wollte, müßte sie bei in Frage kommenden Räumen einiges mehr berücksichtigen, auf das Viktor sie mit seiner Erfahrung hinweisen könnte.

Dermaßen eingesponnen in ihr Vorhaben, las sie noch immer dieselbe Seite der Zeitung, so daß sie auf Viktors Frage, ob es etwas Neues gebe, antwortete: „Eigentlich nichts". Er hatte eine Pause eingelegt, um mit ihr Kaffee zu trinken; diese eine Stunde am Nachmittag war schon zu einem Stück Alltag zwischen ihnen geworden, das sie beide genossen und an dem sie festhielten, auch wenn aus dem Nachmittag ein früher Abend wurde. Heute war es schon relativ spät, weil sie unterwegs in einen Stau geraten war, verursacht durch einen Unfall, von dem sie zunächst erzählte, um dann übergangslos auf ihr Thema zu kommen:

„Ich trage mich ernsthaft mit dem Gedanken, ein Café zu eröffnen …"

„Nanu, das kommt ein bißchen plötzlich! Ein Café – kein Restaurant?"

„Nein, davon bin ich wieder abgekommen. Ich bin ja nicht zu dir gezogen, um mich anschließend von der Arbeit begraben zu lassen. Darauf wäre es aber hinausgelaufen, denn dann könnte ich nie vor Mitternacht zu Hause sein, und am Tage hätte ich auch genug zu tun. Bei einem Café ist die Arbeitszeit überschaubarer, zumal ich den Kuchen nicht selber backen will, sondern mich auf ein paar Nachspeisen konzentrieren möchte, die sollen aber auch was Besonderes sein. Na mal sehn, ich werd' mir schon was ausdenken. – Jetzt brauch' ich aber auch deine Hilfe!"

„Soll ich dir eine Wand bemalen?"

„Daran habe ich auch gedacht, aber mir ist noch was anderes, vielleicht Besseres eingefallen. Was hälst du davon, wenn ich Bilder von dir ausstelle?"

Viktor sagte erst mal gar nichts, sein Gesichtsausdruck verriet so etwas wie Anerkennung, er bewegte leicht seinen Kopf und äußerte drei zustimmende Worte: „Keine schlechte Idee", die er abermals wiederholte: „Wirklich, keine schlechte Idee".

„Dann bist du also einverstanden?"

„Ich könnte mir das jedenfalls ganz gut vorstellen, ja. Das ist ein echter Überraschungscoup, den du da gelandet hast – à la bonne heure! Du legst ein Tempo vor, unglaublich! Jetzt fehlt bloß noch, daß du schon den passenden Raum gemietet hast …"

„Nein, nein, soweit ist es noch nicht. Aber da du schon den Raum angesprochen hast, darüber wollte ich nämlich mit dir reden. Du kannst mir sagen, auf was ich achten muß, wenn aus dem Café auch so eine Art Galerie werden soll."

„Hm, wenn du das wirklich ernsthaft vorhast und nicht nur die Wände dekorieren willst, dann würde ich vorschlagen, du richtest eine richtige Galerie ein mit einem Café. Also so etwas wie ein Galerie-Café, denn damit hättest du eine echte Marktlücke aufgespürt. Wir haben hier Cafés, und wir haben Galerien, aber nicht eine Verbindung von beidem. Ideal wäre ein etwas größerer Raum, der sich abtrennen ließe: vorne das Café, um genug Leute anzulocken, und hinten die Galerie. Und noch was: nach Möglichkeit keine snobistische Note, denn dafür fehlt uns das Publikum."

„Ich bin sprachlos. Wie kannst du das innerhalb von drei Minuten aus dem Ärmel schütteln? Wir haben doch in dieser Form noch nie darüber geredet …"

„Ina, ich lebe doch nun – mit kurzen Unterbrechungen – seit meiner Kindheit hier. Was meinst du, was ich schon alles habe aufblühn und wieder untergehen sehn. Deshalb ist es keine Wissenschaft, wenn ich nicht lange zu überlegen brauche, was hier Chancen hat und was nicht. Im übrigen liegt mir die Idee nicht fern, weil Brigitte und ich eine Zeitlang etwas Ähnliches planten."

„Und warum ist nichts draus geworden?"

„Erst dachten wir, wir könnten uns mit dem Café-Betrieb abwechseln, dann behagte uns der Gedanke nicht, daß wir uns an mindestens drei Tagen in der Woche um unsere eigentliche Arbeit nicht würden kümmern können. Und um einen Geschäftsführer einzustellen, der für alles verantwortlich gewesen wäre, einschließlich Einkauf und so, fehlte uns das Geld."

War das jetzt noch ihre Idee oder etwas Vorgegebenes, das fix und fertig geplant war und nur noch ausgeführt werden mußte? Offensichtlich tendierte sie zu letzterem, ihr fiel kein anderer Grund ein, warum ihre Begeisterung merklich abgeklungen war.

10. Kapitel

Ihr Zimmer gefiel ihr jetzt schon wesentlich besser. Ein neues Regal stand da, seitlich davor ein schwarzer Ledersessel für ihre künftigen Lesestunden; den Platz vor dem Fenster besetzte eine beinahe ausgewachsene Zimmerlinde, für die sie über vierzig Euro ausgegeben hatte, und von Viktor hatte sie als „Leihgabe" das Anemonenbild erhalten, auf das sie schon immer ein Auge geworfen hatte. Heute, an ihrem freien Nachmittag, wollte sie nun ihre Bücher holen. Unterwegs quälte sie der Gedanke, daß Thomas ein neues Schloß eingesetzt haben könnte und ihr die Wohnung versperrt wäre. Alles, was sie jemals darüber gelesen hatte, fiel ihr Szene für Szene ein. Ob er dazu berechtigt wäre oder nicht, war eine rein theoretische Frage. Wie sollte sie sich praktisch verhalten? Wo bekäme sie Hilfe her? Wahrscheinlich bliebe ihr nichts weiter übrig, als einen Anwalt aufzusuchen. Jetzt zweifelte sie daran, ob es richtig war, ihr Kommen nicht anzukündigen, schließlich wollte sie mit ihm ja auch über die Wohnungssache sprechen. Und am Telefon mit ihm darüber zu reden, wo er jederzeit auflegen könnte, war sicherlich weniger geschickt als in seinem Arbeitszimmer. Alles in allem würde es wohl ein sehr unangenehmer Nachmittag werden, wenn er wollte, brauchte er auf keinen ihrer Vorschläge einzugehen, sie war auf seinen guten Willen angewiesen, und das würde er auszunutzen wissen, in dem Bestreben, ihr zu schaden. Wenn er es schon nicht verhindern könnte, daß er ihr ihren

Anteil an der Wohnung auszahlte, dann ließe sich die ganze Angelegenheit zumindest verzögern, und zwar erheblich vezögern, wenn die Streitigkeit erst vor Gericht ausgefochten werden müßte.

Hin- und hergerissen zwischen dem Wunsch, die Aussprache irgendwie hinter sich zu bringen, und der heimlichen Hoffnung, ihn lieber nicht anzutreffen, näherte sie sich ihrer ehemaligen Wohnung. Ihr erster Blick galt den Fenstern, die beide geschlossen waren. Vorsichtig überprüfte sie das Terrain vor dem Grundstück – niemand von den Nachbarn war zu sehen; sie kam unbehelligt ins Haus und fuhr mit dem Fahrstuhl in den zweiten Stock. Den Schlüssel hatte sie schon vorher aus ihrer Tasche genommen, eine kleine Drehung im Schloß: er paßte. Erleichtert trat sie in die Wohnung, die ihr verlassen schien; ein kurzer Rundgang durch die Räume bestätigte ihren Eindruck, außerdem genügte der erste flüchtige Augenschein, daß Thomas seit ihrem Fortzug weder ein Staubtuch noch einen Staubsauger in die Hand genommen hatte. In der Küche stapelte sich das schmutzige Geschirr, sämtliche Flächen waren belegt, wenn nicht mit angebrochenen Tüten von Lebensmitteln, dann mit benutzten Gerätschaften. Aus dem Wohnzimmer war ein weiteres Arbeitszimmer geworden, hier lagen seine Akten verstreut herum, wo es gerade gefiel: ob auf dem Eß- oder Couchtisch, dem Sessel oder dem Fußboden. Nirgends machte die Wohnung einen aufgeräumten Eindruck, er hatte alles gleichgültig liegen gelassen und hauste wie jemand, der sich nicht zu helfen wußte. „Warum hatte er sich nicht um eine Putzfrau gekümmert? Am Geld lag es ja nun wirklich nicht, er brauchte doch bloß aus den täglichen Angeboten in der Zeitung eins auszuwählen." Wenn er jetzt hier wäre, das wüßte sie, dann hätten sie den schönsten Streit darüber, warum er die Wohnung dermaßen verkommen lasse.

Eigentlich könnte ihr ja deren Zustand egal sein, aber so ganz vermochte sie sich eben doch nicht von ihrer einstigen Verantwortung zu lösen; im Augenblick jedenfalls konnte sie nichts tun, sie war hier, um ihre Bücher einzupacken, und das hatte absoluten Vorrang. Sie faltete einen der mitgebrachten Kartons auseinander und begann, Buch für Buch aufeinanderzustapeln. Es war eine rein mechanische Arbeit, sie hielt sich nicht lange damit auf, die Titel genauer anzuschauen, nur manchmal stutzte sie, wenn ihr einer völlig unbekannt war, dann blätterte sie in den ersten Seiten, ob sie vielleicht eine Widmung entdeckte für ein Geschenk, das sie nie gelesen hatte. Es gab durchaus eine Reihe solcher Bücher, bei denen sie nie über wenige Seiten hinausgekommen war oder die sie erst gar nicht angerührt hatte. Da ihr jedermann zum Geburtstag Bücher schenkte und ihr Geschmack nur selten getroffen wurde, bis auf jene, die sie selbst jedes Jahr für Thomas notierte, kamen im Laufe der Zeit etliche zusammen, die wie neu aussahen. Häufig handelte es sich dabei um irgendwelche Historienschmöker, vorzugsweise mittelalterliche, welche offenbar einer bestimmten Moderichtung entsprachen; und wenn dann noch ein Frauenschicksal im Mittelpunkt stand, meinte man wohl, gar nichts verkehrt machen zu können.

Sie hatte sich nie für diese Epoche interessiert,

wenn sie sich Bücher kaufte, dann mußten die sich mit der Gegenwart beschäftigen, sie wollte sich in den Figuren wiedererkennen, es sollten Probleme aus dem Hier und Jetzt zur Sprache kommen, die unsere Zeit prägten und nicht lange verflossene Jahrhunderte.

Meistens wußte sie ziemlich schnell, ob ihr das Werk eines Autors zusagte oder nicht, es genügte, wenn sie die erste Seite las, stellte sich nicht die geringste Leselust ein, legte sie es rasch wieder an seinen Platz. Umgekehrt konnte sie nur selten widerstehen, wenn ihr ein Titel gefiel, dann hatte sie der Erzähler schon soweit in seine Geschichte hineingezogen, daß sie unbedingt deren Fortgang wissen wollte. Nur wenn sie ein Buch blind kaufte, weil sie sich auf die Qualität eines Autors verließ, wurde sie zuweilen enttäuscht. Ebenso erging es ihr mit manchen Rezensionen, deren jubelnder Hymnus sich ihr oft genug nicht erschloß und sie im stillen den Verdacht hegte, daß die Lobgesänge weniger dem Text galten als vielmehr dem Verfasser, weil nach Ansicht der Rezensenten ein interessanter Lebenslauf offenbar automatisch auch ein mäßiges Produkt interessanter machte. Sie ließen sich blenden von der Vita des Autors, beförderten simple Begebenheiten zu etwas ganz Besonderem, daß man so noch nirgendwo gelesen habe. Kam dann ein zweites und drittes Werk auf den Markt, normalisierten sich die Kritiken, wurden weniger hymnisch und glichen sich mehr dem tatsächlichen Gehalt des Textes an.

Diese ihre Meinung hatte sich über viele Jahre gefestigt; als regelmäßige Leserin der Literatur-Seite ihrer

Zeitung hielt sie sich auf dem laufenden, was gerade wie besprochen wurde. Dabei war es gar nicht so einfach, auf gewöhnliche Alltagsgeschichten zu stoßen, die waren rar und kamen nur am Rande vor. Ein Roman mußte mindestens sehr verwickelt sein oder die Hauptgestalt von abseitigem Charakter, wenn er von Interesse für den Rezensenten sein sollte. Ob der Leser das genauso sah, daran zweifelte sie doch stark. Daß manche Bücher es dennoch schafften, eine hohe Auflage zu erzielen, allein durch Flüsterpropaganda und ohne vorher in den Zeitungen erwähnt worden zu sein, sprach für die wahren Bedürfnisse des Lesers. Ein solches Exemplar hielt sie gerade in Händen, geschrieben vor über zwanzig Jahren und den strengen Feminismus – für den alle Männer von Übel waren – verspottend, aber in einer Form, die nicht denunzierte, sondern auf eine Weise witzig war, daß ihr gleich wieder ihr lautes Lachen einfiel. Wenn sie sich richtig erinnerte, wurde diese Erzählung rund eine Million mal verkauft.

Mittlerweile hatte sie den dritten Karton mit Klebeband verschlossen und sich innerlich darauf eingestellt, daß sie Thomas heute nicht mehr antreffen werde, als sie das vertraute Geräusch an der Flurtür hörte und er gleich darauf im Zimmer stand. Er sagte nichts, blickte sie nur mißmutig an und war schon dabei, ihr den Rücken zu kehren, als sie ihn bat, noch einen Moment zu warten.

„Ich muß mit dir sprechen. Bist du in den nächsten zwei, drei Stunden zu Hause?"

„Vermutlich."

„Was heißt vermutlich?"

„Vermutlich heißt vermutlich."

„Na schön, wir können das auch gleich hier besprechen. Es dreht sich um unsere Wohnung. Ich möchte dich bitten, mir meinen Anteil auszuzahlen."

„Ach nee! Brauchst du Geld? Du bist wohl an einen armen Schlucker geraten, dem du die Farben bezahlen mußt. Aber so einfach, wie du dir das vorstellst, indem ich dir eben mal das Geld hinblättere, geht das nicht. Zunächst erwarte ich, daß dein Name im Grundbuch gelöscht wird, dann können wir uns wieder darüber unterhalten."

„Und wenn ich mich darauf einlasse, erpreßt du mich anschließend, und ich muß betteln, daß ich überhaupt was bekomme ..."

„Ich bin ja nicht so wie du. Wenn ich mein Wort gebe, dann halte ich es auch. Auf mich war noch immer Verlaß – im Gegensatz zu dir."

„Schön, schön, aber du mußt einsehen, daß ich auf ein bloßes Versprechen nicht vertrauen möchte. Wenn mein Name nicht mehr im Grundbuch steht, dann gehört mir die Wohnung auch nicht mehr, so einfach ist das!"

„Was regst du dich so auf? Heutzutage haben Frauen bei einer Scheidung doch absolut nichts zu befürchten. Alles wird hübsch geteilt, also brauchst du dir um deine Ansprüche gar keine Sorgen zu machen."

„Wir müssen doch nicht erst die Scheidung abwarten. Warum können wir das nicht vorher regeln?"

„Was drängelst du denn so? Ich bin dafür, das normale Verfahren abzuwarten. Warum sollte ich dir entgegenkommen? Du verlangst ein bißchen viel von mir. Meinst du nicht auch?"

„Ist das dein letztes Wort?"

„Ja."

„Dann muß ich einen Anwalt einschalten."

„Tu das!"

Sie wußte nicht, über was sie sich mehr ärgern sollte: über sein ironisches Grinsen, das ihr deutlich signalisierte: „Ich hab' dich in der Hand", oder seine Bockbeinigkeit, die ihren Plan fürs erste vereitelte. Sein Gesichtsausdruck veränderte sich auch nicht, als sie ihm ein gereiztes: „Nun räum endlich mal die Wohnung auf, das sieht ja hier aus wie im Schweinestall!" entgegenschleuderte. Er nahm es hin, ohne ein Wort zu sagen, und verschwand in seinem Zimmer.

Daß die Aussprache mit seiner Weigerung endete, hatte sie zwar kommen sehen, doch jetzt war sie fest entschlossen, direkt zum Scheidungsanwalt zu gehen. Da sie in der Wohnungssache sowieso anwaltlichen Rat brauchte, konnte sie auch gleich reinen Tisch machen. Es war ihr nun egal, ob Viktor schon geschieden war oder nicht, sie spürte es so nachdrücklich wie nie in den vergangenen Wochen zuvor, daß ihr der Weg zurück zu Thomas versperrt war und für sie auch nicht mehr in Frage kam; die Trennung war endgültig, wenigstens das war ihr an diesem Nachmittag klar geworden.

11. Kapitel

Sie steckte in einem Dilemma und wußte nicht, nach welcher Seite hin sie sich entscheiden sollte. Eigentlich hatte sie sich schon damit abgefunden, das Trennungsjahr abwarten zu müssen, bevor sie an das Geld für die Wohnung heran käme, so wie es der Anwalt gesagt hatte, da tauchte überraschend ein Angebot für zwei Räume auf, das sich nicht einfach ignorieren ließ, das sie verfolgte, was sie auch gerade tat. Ein altes Ehepaar war im Begriff, sich zur Ruhe zu setzen. Sie suchten neue Pächter und da sie offenbar auf keine verwandtschaftlichen Ansprüche Rücksicht zu nehmen brauchten, war die Pacht von zwölfhundert Euro im Monat halbwegs moderat. Vorgestern war sie mit Viktor zur Besichtigung: eine mitten im Wald gelegene Lokalität, aber mit Straßenanbindung, und ein wenig altertümlich anmutend, ebenso die Küche und die Toiletten betreffend; hier vor allem war eine Modernisierung notwendig, während das Mobiliar nur behutsam erneuert werden mußte, um den Charme des Ganzen zu erhalten. Besonders angetan war sie von dem Zuschnitt der beiden Räume: wie in einer Wohnung gingen sie ineinander über, wo ehemals eine große Verbindungstür in der Wand gewesen sein mochte. Schon beim Herumführen war sie zu ihrer alten Idee zurückgekehrt, den Charakter der Zimmeratmosphäre zu bewahren, und den hinteren Teil nicht allein als Galerie zu nutzen, sondern ebenfalls als Café mit Bildern an den Wänden; alles andere sähe sie als

Raumverschwendung an, wenn sie dieses Wagnis tatsächlich eingehen sollte.

Mit Viktor hatte sie noch nicht darüber gesprochen, aber das war im Moment auch nebensächlich, jetzt ging es allein um Zahlen und nochmals um Zahlen – wobei Viktors Rat nicht unwesentlich ins Gewicht fiel, weil er die Besitzer schon seit seiner Kindheit kannte und er der Meinung war, daß man da nichts verkehrt machen könne, denn das sei ein altes, eingeführtes Café, das einen guten Namen habe. Auch die Umsatzzahlen, die der Wirt, Herr Rosen, für einen durchschnittlichen Tag nannte: Minimum 300 Euro, sprachen für eine positive Entscheidung. Trotzdem zögerte sie, wenn sie daran dachte, daß sie monatlich eine bestimmte Summe zurückzahlen müßte, einschließlich acht bis neun Prozent Kreditzinsen, die sie allein der Sturheit von Thomas verdankte. Ihr wäre wesentlich wohler, wenn sie nicht den Zwang verspürte, zusätzlich zu der Pacht auch noch Zins und Tilgung erwirtschaften zu müssen. Was sie ebenfalls nicht außer acht lassen durfte, war, daß sie auch grandios scheitern konnte, es gab leider keine Garantie für gleichbleibende Einnahmen, zumal sie nicht aus dem Fach war und alles nur theoretisch erörterte. Deshalb mußte sie zusehen, daß sie die Kosten am Anfang so niedrig wie möglich hielt, um etwaige Verluste besser verschmerzen zu können, schließlich wollte sie nicht ihren gesamten Wohnungsanteil drangeben.

Alles wäre einfacher, wenn die Besitzer das Café noch ein Jahr weiterführen würden, aber so wie es aussah, wollten sie lieber heute als morgen aufhören. Sie hatten offensichtlich keine Lust mehr und sprachen ganz begeistert von den Reisen, die sie demnächst machen wollten, wenn sie den Betrieb erst abgegeben hätten. Wenig Zweck hätte es wohl auch, sie länger als die verabredeten vierzehn Tage hinzuhalten, in denen sie Kostenvoranschläge von den Handwerkern einholen wollte, denn die beiden könnten ihr jederzeit einen neuen Interessenten präsentieren; selbst wenn das das übliche Druckmittel in solchen Angelegenheiten sein mochte, wie sollte sie das einschätzen? Und bekäme sie im nächsten Jahr ein ähnliches Angebot auf den Tisch?

Diese Ungewißheit setzte ihr beinahe ebenso zu wie die unvermeidliche Kreditaufnahme. Das allgemeine Gerede über die Risikobereitschaft, die man nun mal haben müsse, wenn man so etwas plane, half ihr auch nicht weiter. Schließlich konnte sie nicht auf eine reiche Erbschaft setzen, sie mußte mit dem Geld auskommen, was sie hoffte, von der Bank zu erhalten; ihre eigenen Rücklagen entsprachen nicht mehr als einem Notgroschen. Ob sie nochmal mit Thomas redete? Ihm ihren Plan erläuterte und ihn ein bißchen in die Zange nahm? „Wie ist es", würde sie ihn fragen, „haßt du mich so sehr, daß es dir egal ist, wenn ich mich verschulde?"

Obwohl sie ahnte, daß er sich nicht bewegen würde, wollte sie nichts unversucht lassen und rief ihn an. Als sie seine mürrische Stimme hörte, hätte sie am liebsten gleich wieder aufgelegt; sie zwang sich zu einem freundlichen Ton und setzte ihn in knappen Worten über ihr Vorhaben ins Bild. Nachdem sie geendet hatte, entstand eine Pause, die sich dehnte und dehnte und nichts Gutes verhieß.

„Bist du noch dran?"

„Ja."

„Was sagst du dazu?"

„Was soll ich dazu sagen?! Ich bin für dein Leben nicht mehr verantwortlich. Ob du dich verschuldest oder nicht – es geht mich nichts mehr an! Ein für allemal: Es geht mich nichts mehr an! Und tu bitte nicht so, als wüßtest du nicht über unsere finanziellen Verhältnisse Bescheid ... Du weißt genau, daß wir unser Geld festgelegt haben; wenn wir die Papiere vor der Zeit verkaufen, müssen wir erhebliche Verluste in Kauf nehmen."

„Wie hoch die sind, weißt du nicht?"

„Natürlich nicht – das stand ja auch bisher nicht zur Debatte."

„Wenn ich mich nun erkundige, wärst du dann damit einverstanden, daß wir einen Teil der Papiere verkaufen?"

„Nein!"

„Wieso?"

„Weil ich von deiner famosen Geschäftsidee nichts halte und weil nächstes Jahr einige Obligationen fällig werden, deren Beträge ungeschmälert auf unser Konto sollen."

„Ich begreife einfach nicht, warum du dich derart dagegen sperrst – letztendlich sind es nicht deine, sondern meine Verluste. Mir steht das Geld zu, und ob ich bei vorzeitigem Verkauf einen Schaden erleide, könnte dir doch eigentlich egal sein ..."

„Mein liebes Kind! Auf dem Konto befinden sich

unsere gesamten Ersparnisse – und da soll es mir egal sein, wenn du das Geld in ein zweifelhaftes Projekt steckst, das vielleicht schon nach einem halben Jahr den Bach runtergeht?"

„Zweifelhaft hin oder her; die Tatsache bleibt bestehen, daß mir die eine Hälfte gehört und ich damit machen kann, was ich will – und wenn ich das ganze Geld aus dem Fenster schmeiße!"

„Das kannst du gerne tun, aber bitte erst, wenn die Scheidung rechtsgültig ausgesprochen worden ist; vorher erhältst du mein Einverständnis nie!"

„Womit wir wieder beim Ausgangspunkt wären …"

„So ist es."

Ohne ein weiteres Wort zu sagen, hatte sie das Gespräch beendet. Es war kein gutes Gefühl, in finanzieller Hinsicht völlig allein dazustehen; von Viktor war auch keine Hilfe zu erwarten, offensichtlich hielt er sich zurück, weil er nicht wußte, was im Falle einer Scheidung auf ihn zukäme. Sie selbst hatte eine gewisse Scheu, ihn um eine größere Summe anzugehen; er kenne da einen Bankmenschen hatte er gesagt, der ihn beraten habe beim Umbau seines Hauses, an den wolle er sie weitervermitteln, wenn sie Geld brauche. Bei ihm hörte es sich so an, als sei es die einfachste Sache von der Welt, als sei es etwas ganz Normales, mit einem finanziellen Risiko leben zu müssen. Für ihn war es das wohl auch, er hatte nie irgendwo als Angestellter gearbeitet mit einem festen Gehalt im Monat … „Wenn ich kein Geld hatte, bin ich durch die Fußgängerzonen getingelt und hab' Porträts angefertigt, einige Sicherheit gab mir das Haus, was nicht ausschloß, daß die billigste Dauerwurst gerade gut genug und die Uni-Mensa mein bevorzugtes Stammlokal war."

Man mußte jedoch berücksichtigen, daß sich dieser Lebensabschnitt im wesentlichen auf seine Jugend bezog und ob er heute immer noch so leben wollte, daran zweifelte sie doch stark. Wahrscheinlich würde es für ihn eine ebenso radikale Umstellung bedeuten, wenn er seine Selbständigkeit plötzlich verlöre und in irgendeiner Institution von morgens acht Uhr bis nachmittags um vier seine Euros verdienen müßte. Sie war nun mal an ihre sichere Stellung gewöhnt, und warum sollte sie es sich nicht eingestehen, daß ihr das Wagnis mit dem eigenen Geschäft erhebliche Kopfschmerzen bereitete, ja daß dieser Schritt eine ganz gewöhnliche Angst in ihr auslöste. Wobei sie sich tausendmal ins Gedächtnis zurückrufen konnte, daß sie von dieser Idee ganz begeistert war und sich wirklich darauf freute, etwas Neues beginnen zu können; überschattet wurde alles von dieser unseligen Schuldenmacherei – aber blieb ihr eine andere Möglichkeit, wenn sie das Vorhaben nicht völlig aufgeben wollte? Der Bankmensch fiel ihr wieder ein, von dem Viktor gesprochen hatte; sie würde sich einen Termin geben und genauestens ausrechnen lassen, mit was für Belastungen sie monatlich zurechtkommen müßte – vielleicht war das Ganze dann weniger bedrohlich, wenn sie die konkreten Zahlen kannte.

12. Kapitel

Es gab nun kein Zurück mehr: Sie hatte in der Klinik gekündigt und den Vertrag für das Café für fünf Jahre unterschrieben. Man war ihr an ihrem alten Arbeitsplatz ein großes Stück entgegengekommen, indem sie nicht die vorgeschriebene Kündigungsfrist einzuhalten brauchte, sondern lediglich noch einen Wochenenddienst einschieben mußte mit anschließender Übergabe an ihre Kollegin. Gerüchteweise hatte sie schon vorher davon gehört, daß eventuell daran gedacht sei, eine von den zwei Ernährungsberaterinnen einzusparen; darum war man wohl insgeheim ganz froh darüber, daß sich das Problem auf diese Weise löste und ihr deshalb keine Steine in den Weg legte. Vielleicht fiel ihr der Abschied daher relativ leicht, denn wie sollte die Zusammenarbeit mit ihrer Kollegin in der Zukunft funktionieren, wenn beide sich mißtrauisch belauerten, wen es am Ende treffen könnte. Außerdem hätte sie wohl nicht mehr den Kopf freigehabt, sich auf ihre Arbeit zu konzentrieren; zuviel stürmte jetzt auf sie ein, daß sie den Abend manchmal regelrecht herbeisehnte, wenn sie ins Bett gehen konnte.

Gleich beim ersten Aufwachen, ob in der Nacht oder am frühen Morgen, drangen all jene Fragen wieder auf sie ein, mit denen sie sich am Vortag beschäftigt hatte. Dabei war der größte Brocken, der ihr die meisten Sorgen bereitet hatte, zwar nicht zur Seite geräumt, aber doch soweit erledigt, daß sie in den nächsten Tagen mit dem Geld von der Bank

rechnen konnte. Genau die Hälfte ihres Wohnungs-
anteils hatte sie beleihen lassen, runde 40.000 Euro
würden ihr alles in allem zur Verfügung stehen. Den
bei weitem umfänglichsten Posten nahm die Malerei der Wände ein; sie hatte lange überlegt, welchen
Farbton sie wählen solle und sich schließlich für ein
gedecktes Rot entschieden, um einerseits eine warme
Atmosphäre zu schaffen, und andererseits einen neu-
tralen Hintergrund für die Bilder zu haben. Dazu
passend suchte sie Dekorationsstoffe und die neue
Polsterung für die Stühle aus. Die Küche wollte sie
vorerst nur streichen und die Toiletten teilmoder-
nisieren lassen. Es kam darauf an, nicht gleich die
ganze Summe auszugeben, sie brauchte ein gewisses
Kapital, um etwaige Durststrecken durchstehen und
Geld für Reparaturen und Ähnliches aufbringen zu
können, wie es der Finanzplan des freundlichen Kre-
ditsachbearbeiters vorsah.

Mit den Lieferanten der einstigen Wirtsleute hatte
sie neue Vereinbarungen getroffen, vor allem ein
anderes Sortiment war ihr wichtig: weniger Torten,
mehr Kuchen vom Blech. Hierbei richtete sie sich in
erster Linie nach ihrem persönlichen Geschmack:
Was sie gerne in einem Café aß, das bestellte sie.
Ebenso wollte sie es mit ihrem eigenen Anteil am
Angebot halten: Statt an raffinierte und aufwendige
Süßspeisen dachte sie an einfachere, dafür aber besonders beliebte Sachen wie: Schokoladenpudding
mit Vanillesoße, Vanillepudding mit Früchten und
Rote Grütze. Zunächst einmal würde sie sich darauf
beschränken, später könnte sie immer noch Neues
hinzunehmen.

Ungeklärt blieb die Frage, ob sie das Café allein führen könnte; wenngleich ihre Konzeption darauf abzielte, gäbe erst der Praxistest die nötige Klarheit, ob sie auf eine Aushilfskraft angewiesen wäre. Zur Sicherheit hatte sie eine Studentin aus der Nachbarschaft gebeten, in den ersten Tagen auszuhelfen. Der Eröffnungstermin war auf den 25. April festgelegt worden, leider war das die Woche nach Ostern, doch dafür stand der 1. Mai vor der Tür, der sicherlich ein umsatzstarker Tag werden würde. Überdies käme sie an einer Einweihungsfeier nicht vorbei, das erwartete man von ihr, und ein bißchen Reklame fürs Geschäft konnte auch nicht schaden.

Ungeachtet dessen, daß sich zur Zeit nicht mehr tun ließ, als die Handwerker zu überwachen, beschlich sie mehr als einmal das Gefühl, sich vielleicht doch zuviel zugemutet zu haben. Schon jetzt war sie von der dumpfen Ahnung durchdrungen, von dem Café-Betrieb völlig absorbiert zu werden, auch wenn sich die Arbeit in der Küche auf ein erträgliches Maß reduzierte. Könnte sie noch abschalten, wenn sie abends nach Hause käme? Würde sich Viktor für die Tageseinnahmen und die Menge des verkauften Kuchens interessieren? Würde sie umgekehrt noch Aufmerksamkeit für seine Kunst aufbringen? Oder wäre sie nicht viel zu erschöpft dafür? Was bliebe ihnen dann aber noch voneinander? – zumal sie plante, vorerst nur den Montag zu schließen. Das Bilderaussuchen würde sie vorläufig Viktor überlassen – mag sein, wenn sie mehr Routine im Geschäft hätte, daß sie sich dann aktiv daran beteiligte. Einstweilen fehlte ihr für solche Belange die innere Ruhe, sie waren zweitrangig, um den Betrieb ins Laufen zu bringen.

Eine Wand im Café war fertig gestrichen. Sie stand davor und begutachtete den Farbton, der ihr gelungen schien. Es kostete sie einige Überredungskunst, den Meister davon zu überzeugen, daß sie auch die Decken in gleicher Weise bemalt haben wollte, weil er fürchtete, die Räume könnten zu dunkel geraten; das war es aber gerade, was sie anstrebte: Eine gemütliche Höhle sollte ihr Café werden, ein Platz, den man nicht schon nach einer Viertelstunde wieder verließ; außerdem gab es genug Leisten und auch ein bißchen Stuck, was beides weiß abgesetzt werden würde. Sie war nun auf Viktors Meinung gespannt, den sie in diesen Dingen nicht um Rat gefragt hatte, was er ihr offensichtlich ein wenig verübelte, denn sein Interesse war doch merklich geschwunden. Aber sie hielt es ganz bewußt so – wenn sie schon den Sprung in die Selbständigkeit wagte, dann mit allem, was dazu gehörte. Das Café sollte ihre Eigenart, ihren Geschmack widerspiegeln, nicht die übliche Kühle eines Designerstudios und auch nicht Viktors Handschrift. Am Einweihungsabend wollte sie nicht in eine Situation kommen, in der alle Viktor gratulierten für sein vortreffliches Stilgefühl und ihr nicht mehr zugetraut würde, als Pudding zu kochen. Nein, das sollte ihr Abend werden, sie würde im Mittelpunkt stehen, wenigstens für diese zwei bis drei Stunden, und Viktor müßte das aushalten, was ihm nicht leichtfiele, was bisher so gut wie nie vorgekommen war – und doch traute sie ihm soviel Souveränität zu, auch einmal eine andere Rolle einzunehmen als die gewohnte.

Komischerweise war es wieder der rote Farbton, der die meiste Aufmerksamkeit erregte – und ausgerechnet Viktors Künstlerkollegen konnten sich gar nicht genug tun über das Abweichen vom Standard-Weiß und nahmen ganz selbstverständlich an, daß das Viktors Idee gewesen sei. „Nein, nein, Ina war's; Ina liebt nun mal die Farbe Rot, davon war sie nicht abzubringen." Selbst an diesem Abend mochte er von seiner Kritik nicht lassen, wenn sie auch freundlich verpackt war, so trug er ihr anscheinend immer noch nach, daß sie auf eigene Faust gehandelt hatte. „Du scheinst vergessen zu haben, daß hier keine Alten Meister hängen sollen", hielt er ihr vor, „sondern moderne Sachen, und für die braucht man weiße Wände, sonst wirkt es zu bunt." Bis sie ihn soweit gebracht hatte, daß er ein paar von seinen Bildern probeweise auslieh, dauerte es; und als sie endlich hingen und sich durchaus nicht der Eindruck von zu viel Farbigkeit aufdrängte, äußerte er sich nicht etwa beruhigt, sondern bemerkte nur, sie schon dementsprechend ausgesucht zu haben. Sie wollte das Thema nicht auf die Spitze treiben, sonst hätte sie ihn in seinen Kunstkatalogen auf Vergleichbares hinweisen können, sogar erste Adressen von bekannten Museen waren darunter – warum sich in eine Sache verbeißen, die doch eher mit Viktors Ego zu tun hatte als mit ernsthafter Beurteilung. Jedenfalls schnappte sie am Einweihungsabend keine diesbezügliche Anspielung auf – im Gegenteil: Es wurde nicht gegeizt mit Lob. Und was sie vor allem freute, war, daß man besonders auf die Wohnzimmeratmosphäre abhob, die ihr doch speziell am Herzen lag. Ja, sie war zufrieden mit dem, was sich aus ihren Ideen entwickelt hatte – und mehr als das: Ein Glücksgefühl nahm von ihr Besitz, das alle Ängste auslöschte und ihr eine Unbeschwertheit verlieh, von der sie hoffte, daß sie über diesen Abend hinaus anhalten möge.

13. Kapitel

Sie hatte nun einen Monat der Erfahrungen hinter sich, und was sie als erstes änderte, waren die Öffnungszeiten. Eigentlich hätte sie noch später als elf Uhr aufsperren können, denn ihr Hauptgeschäft konzentrierte sich zwischen halb drei und fünf Uhr nachmittags, aber das wäre wohl ihrem Renommee nicht zuträglich gewesen. So wartete sie auf die wenigen Pensionsgäste, die auf dem Rückweg von ihrem Spaziergang bei ihr vorbeikamen und einen zweiten Kaffee tranken oder das Mittagessen ausfallen ließen und statt dessen Kuchen oder Eis aßen. Auf die Leute aus dem Ort konnte sie nicht bauen, die ließen sich nur am Wochenende zur Frühstückszeit sehen, und dann lohnte es sich, eine Stunde früher zu öffnen. Von den Touristen, die an einer organisierten Reise teilnahmen und für zwei bis drei Stunden blieben, verirrte sich nur selten jemand zu ihr, dafür lag ihr Café offenbar zu versteckt; wer zu ihr kam, war schon Gast der früheren Wirtsleute gewesen und wohnte in der nahen Stadt. Sie stellte dies an den Autokennzeichen fest und hörte einiges aus den Gesprächen heraus, die an den Tischen geführt wurden.

Mehr als andere war sie auf gutes Wetter angewiesen – schon die kleinste Bewölkung am Himmel wirkte sich auf ihre Umsatzzahlen aus, regnete es gar, schossen ihre Kosten in die Höhe und die Durchschnittsergebnisse, die ihr Herr Rosen genannt hatte, waren reine Makulatur. Das Hören des Wetterberichts wurde für sie zu einer festen Einrichtung, je nachdem, ob für die nächste Zeit warme oder kühlere Temperaturen zu erwarten waren, stimmte sie ihre Bestellungen darauf ab. Trockene Sachen brauchte sie bei sommerlichen Werten erst gar nicht anzubieten, während sie bei weniger als zwanzig Grad nur selten Eis verkaufte.

Im großen und ganzen hatte sie wohl den Geschmack des Publikums getroffen, ihre Obstkuchen vom Blech entwickelten sich zum wahren Renner des Geschäfts, dagegen fielen ihre Torten, die sie aber als Standardware vorrätig halten mußte, deutlich ab. Schwierigkeiten bereitete ihr anfangs das Herstellen der Eisbecher in einer angemessenen Zeit, wenn der Laden voll war und mehrere Bestellungen zugleich abgegeben wurden. Dann kam sie ins Schwitzen, wurde nervös und sehnte sich nach ruhigeren Tagen, obgleich sie als Geschäftsfrau gerade die nicht herbeiwünschen sollte. An Feiertagen und besonders schönen Wochenenden würde weiterhin die Studentin aushelfen, denn dann war es alleine kaum zu schaffen, das hatte sie am 1. Mai erfahren müssen, als es förmlich über sie zusammenbrach und sie nur mit großer Mühe die einzelnen Tische auseinanderhalten konnte.

Das war mit Abstand ihr bisher umsatzstärkster Tag gewesen, an dem zwar das Ergebnis stimmte, sie jedoch überhaupt nicht dazu kam, zwischendurch etwas Vernünftiges zu essen, und abends viel zu müde war, um mit Viktor noch ins Restaurant zu gehen. Statt dessen verspürte sie nur den einen Wunsch, sich sofort ins Bett zu legen, und mindestens zwölf Stunden zu schlafen. Daß der 2. Mai auf einen Wochentag fiel, war ihr nur recht, denn noch einmal einen solchen Andrang bewältigen zu müssen, erschreckte sie eher, als daß es sie beglückte.

Sie mochte sich gar nicht ausmalen, was gewesen wäre, wenn sich ein ernsthafter Interessent für Viktors Bilder gemeldet hätte. Woher hätte sie die Zeit hernehmen sollen? Es wäre ihr wohl gar nichts anderes übrig geblieben, als ihn wegzuschicken, und auf den nächsten Tag zu vertrösten. Bisher jedenfalls hatte sich niemand wirklich für ein Bild interessiert, die Leute schauten zwar dorthin, bevor sie sich setzten, doch daß irgendwer die Galerie abschritt und mehr als einen Blick auf sie warf, konnte sie noch nicht beobachten. Insofern lag sie völlig richtig, nicht einen ganzen Raum für die Bilder hergegeben zu haben; dies war nun mal hauptsächlich ein Ausflugs-Café, wo Kaffee getrunken wurde, aber nicht gleichzeitig die Absicht bestand, zweihundertfünfzig bis vierhundert Euro für ein Bild auszugeben. Auch wenn Viktor sich in der Preislage ihrem Publikum angeglichen und beileibe nicht seine besten Bilder zur Verfügung gestellt hatte, war es ihren Gästen offenbar immer noch zuviel, als daß sie bereit gewesen wären, zu kaufen. Verramschen wie im Sommerschlußverkauf konnte er seine Bilder schließlich auch nicht, das war er schon seinem Ruf schuldig. „Ich bin doch kein Kaufhaus-Maler, der den Leuten für achtzig Euro den Sonnenuntergang bei Capri malt."

Irgendwelchen billigen Kitsch wollte sie in ihrem Café auch nicht haben, und so einigten sie sich darauf, noch einen Monat zu warten, und dann zu überlegen, ob die Bilder als reine Dekorationsstücke hängenblieben und nach einer gewissen Zeit ausgetauscht würden oder ganz verschwanden. Viktors Einwand, sie hätte eben schon im Namen deutlich machen müssen, daß man eine Galerie antreffen werde, war zwar nicht ganz von der Hand zu weisen, doch hätte sie dann das Publikum der alten Wirtsleute so ohne weiteres übernehmen können? Oder wäre es erst gar nicht zu ihr gekommen? Sie brauchte die Jungen wie die Alten, um existieren zu können, von den paar Kunstbegeisterten konnte sie nicht leben; außerdem gab es im Ort ein breites Angebot an Galerien, so daß man auf eine zusätzliche Ausstellungsfläche nicht gerade gewartet hatte.

Sie kam wohl nicht umhin, ihre ursprünglichen Pläne ein gutes Stück zurechtzustutzen. Das, was sie sich erträumt hatte, ein näheres Zusammenrücken mit Viktor, ausgelöst durch seine und die Bilder anderer Künstler, stimmte leider nicht mit der Wirklichkeit überein – nicht nur, weil ihr das Publikum dafür fehlte, sondern weil automatisch die kaufmännischen Belange in den Vordergrund rückten. Es war für ein entsprechendes Umsatzergebnis völlig unerheblich, ob Bilder an der Wand hingen oder nicht, ebensogut hätten dort Spiegel den Platz einnehmen können und niemand hätte sich daran gestört. Doch diese Gedanken behielt sie lieber für sich, denn es war schwierig genug, ein paar ungestörte Stunden mit Viktor zu verbringen. Er war nicht immer dazu aufgelegt, morgens mit ihr zu frühstücken, ins Café kam er nur, wenn er sicher sein konnte, daß es einigermaßen ruhig war, und abends war sie oftmals zu geschafft, um sich überhaupt noch für ein bestimmtes Thema zu interessieren. So blieb ihnen von der Woche nur der Montag, wo sie ganz für sich sein konnten, und sie den Tag vor allem dazu nutzte, lange zu schlafen.

Es hatte sich zwischen ihnen eingebürgert, daß Viktor das Frühstück bereitete und sie abends kochte, auch wenn es ihr lieber gewesen wäre, einen ganzen Tag lang mal keine Küche zu sehen – doch das tat sie schon um Viktors willen nicht, weil sie ihn zumindest einmal in der Woche so richtig verwöhnen wollte und sie das Gefühl brauchte, ihn nicht allzusehr zu vernachlässigen. Ansonsten verbrachte sie ihren freien Tag am liebsten faul in der Sofaecke, das frühere Spazierengehen hatte sie ganz aufgegeben, nur wenn Viktor sie an einem besonders prachtvollen Sonnentag drängte, ein paar Schritte vor die Tür zu gehen, ließ sie sich widerstrebend dazu überreden.

Das Selbständigsein bescherte ihr nicht nur neue Freiheiten, sondern vor allem neue Abhängigkeiten. Nun war sie niemandem mehr Rechenschaft schuldig, dafür spürte sie ziemlich deutlich ihr Angebundensein – und das beinahe stärker als in der Klinik, wo ihr ein sechswöchiger Urlaub zustand und sie jederzeit den Arbeitsplatz wechseln konnte. Zwar war es heutzutage üblich, daß auch Restaurants eine Sommerpause einlegten, aber sie mochte nicht schon im ersten Jahr, in dem sie gerade dabei war, sich zu etablieren, mehrere Wochen schließen; außerdem dürfte der Sommer zu ihrem Hauptgeschäft werden, auf das sie nicht so einfach verzichten wollte. Wie würde Viktor darauf reagieren, wenn sie ihm sagte, daß sie dieses Jahr keine Ferien machte? Schon allein

die Erwägung, daß er dann eventuell ohne sie weg-
führe, gab ihr einen Stich – aber hätte sie ein Recht,
ihm das zu verübeln?, und müßte er auf sie Rücksicht
nehmen? Nein, das müßte er nicht, und sie hätte
kein Recht, von ihm zu erwarten, daß er ebenfalls
zu Hause bliebe.

Alles hing wohl davon ab, ob er den Auftrag für
den Skulpturenpark bekäme. Viktor hatte schon mal
anklingen lassen, daß er dann zu Studienzwecken
einige Museen besuchen und vielleicht nach Italien
reisen wolle, doch „auf keinen Fall in der Hauptsai-
son". In der Nebensaison wäre es auch für sie einfacher, sich für zehn oder vierzehn Tage von dem Betrieb freizumachen; und der Gedanke hatte durchaus
etwas Verlockendes, einmal wirklich abzuschalten,
keine Verantwortung zu haben, und die ganze Zeit
mit Viktor zusammensein zu können.

14. Kapitel

Viktor hatte positive Signale aus dem Rathaus bekommen, daß er für den Skulpturenpark sehr wahrscheinlich in Frage komme – nur wann die Entscheidung falle, wußte man nicht zu sagen. Ihm genügte dieser vorläufige Bescheid, um in eine grenzenlose Hochstimmung zu kommen, die ihn beinahe arbeitsunfähig machte. Er kannte nur noch ein Thema – und das schmückte er jeden Tag ein bißchen mehr aus. Endlich fühlte er sich genügend gewürdigt und konnte zeigen, was in ihm steckte. „Das wird der definitive Durchbruch für mich. Du wirst sehn ..." Er berauschte sich geradezu an dem Wörtchen „definitiv" und sah sich schon in eine Reihe gestellt mit den anerkannten Meistern seiner Zunft. Er träumte von weiteren Anschlußaufträgen, die sich nicht allein auf Deutschland beschränkten, seine Phantasie drängte ins Internationale, dort wollte er reüssieren, als Kapazität geachtet und umworben. Dann würde er auch leichten Herzens auf seine „Brotgeschöpfe" für die Galerien verzichten können, weil mit einiger Sicherheit und ein bißchen Glück eine Hochschulprofessur für ihn drin wäre: „Das läuft dann ganz automatisch auf einen zu, je bekannter dein Name, um so besser".

In solch einer Stimmung hatte sie ihn noch nie erlebt, selbst damals nicht, als er den Auftrag für die Rathaus-Figur bekam. Da er nicht die geringsten Zweifel äußerte und sich immer weiter fortspann, hielt sie sich ebenfalls mit skeptischen Bemerkungen zurück, obgleich sie seinen Optimismus schon ein wenig beängstigend fand, aber sie wollte nicht als Spielverderberin dastehen, als kleinliche Bedenkenträgerin, die nichts von Künstlernaturen verstand und ihrem überschäumenden Enthusiasmus. Als Viktor den Vorschlag machte, an ihrem freien Tag nach Berlin zu fahren, um ein Skulpturen-Museum aufzusuchen, zögerte sie zwar einen Augenblick, weil ihr als erstes das frühe Aufstehen, die lange Bahnfahrt und überhaupt die ganze Anstrengung durch den Kopf ging, erklärte sich aber schließlich doch einverstanden und hoffte insgeheim, daß irgend etwas dazwischenkäme. Einen Moment sah es fast danach aus, denn es stellte sich heraus, daß das Museum am Montag geschlossen hat, was Viktor jedoch nicht davon abhielt, sich nach einer Alternative umzusehen. Beim nächsten Museum ergaben sich dann tatsächlich keine Schwierigkeiten, es hatte am Montag geöffnet, und statt bei einem ausgiebigen Frühstück zu Hause befand sie sich in der darauffolgenden Woche in einem kleinen Schlößchen am Rande der Lüneburger Heide und schritt mit Viktor Skulptur um Skulptur ab.

Das hätte sie zu einer anderen Zeit interessant gefunden, zumal Viktor recht gut erklärte, worauf es ihm besonders ankam, aber nach einer Woche auf den Beinen wurde ihr das lange Stehen einfach zuviel, und vor jedem neuen Raum, der noch zu begehen war, spürte sie ihre Müdigkeit ein Stück deutlicher. Zu allem Überfluß hatte Viktor eine Filmkamera dabei, die das Ende zusätzlich hinauszögerte. Kein Zweifel, er war in seinem Element, es war ein anderes Sehen, als das der normalen Museumsbesucher, er studierte die Objekte gewissermaßen von Kollege zu Kollege. Während für den Laien nur die Figur als solche maßgebend war, achtete Viktor auf alle Einzelheiten, das konnte ein angewinkelter Finger oder eine bestimmte Armbeuge sein. Der Gesichtsausdruck war für ihn weniger bedeutsam, „Da hilft dir nur deine eigene Intuition".

Sie hätte sich gewünscht, daß ein wenig von dieser Intuition auch für sie übrig gewesen wäre, aber er bekam offenbar überhaupt nicht mit, daß seine Erläuterungen an ihr vorbeirauschten und sie sich direkt erlöst fühlte, als sie endlich in der hauseigenen Caféteria beim Kaffee saßen. Daß Viktor kaum sprach, weil er sich wohl immer noch mit seinen Skulpturen beschäftigte, konnte ihr nur recht sein, denn so hatte sie Muße, ihren eigenen Gedanken nachzuhängen, die in einer ganz anderen Welt zu Hause waren, und sich vornehmlich dem Kuchenangebot widmeten.

Gegenüber Viktors künstlerischen Interessen bewegten sie eher peinliche Fragen, die sie gar nicht aussprechen mochte, doch für sie waren sie von einiger Wichtigkeit und konnten für ein zusätzliches Plus in der Kasse sorgen. Wenn sie schon die Gelegenheit hatte, in einem anderen Café zu sitzen, dann schmeckte sie auch intensiver, als sie es vor ihrer Selbständigkeit getan hatte, und nun war es eben der Zimt auf dem Apfelkuchen, der ihr überaus zusagte, und den sie auch mal ausprobieren wollte. Sie beobachtete Viktor heimlich von der Seite, wie ihm der Kuchen mundete, ob er irgendwie zögerte, den Zimt zur Seite strich oder sonstwie umging; als er nichts dergleichen tat und nur noch ein kleines Stück auf dem Teller lag, fragte sie ihn, wie es ihm geschmeckt habe.

„Gut, sehr gut."

„Und der Zimt hat dich nicht gestört?"

„Ganz im Gegenteil."

„Du warst eben mein lebendes Anschauungsobjekt."

„Ach ja! Na, du bist mir schon eine. Ina, die Undercover-Agentin in Sachen Apfelkuchen, hahaha."

Er wollte sich ausschütten vor Lachen, und es blieb ihr gar nichts anderes übrig, als mit einzustimmen, zwar nicht aus vollem Halse, eher ein bißchen gequält, denn derart komisch fand sie die Situation nun auch wieder nicht. Wenn sie sich ehrlich befragte, dann mißfiel ihr die Art, wie er ihr Metier ins Lächerliche zog, als wäre es etwas über die Maßen Belangloses, das man überhaupt nicht ernst zu nehmen brauchte. Unbestreitbar bewegten sie sich in völlig unterschiedlichen Sphären, wobei seine zweifellos die interessantere war, dennoch hätte sie sich gewünscht, daß er hin und wieder ein paar Fragen stellte, Anmerkungen machte oder sich sonstwie teilnehmend zeigte, aber im Grunde war er nur an seinen Bildern interessiert. Das hatte sie früher nicht gestört, als sie noch in der Klinik arbeitete, ganz im Gegenteil, da war sie geradezu begierig darauf, in seine Welt einzutauchen, weil sie ein Wegkommen aus der Alltagsroutine versprach. Mag sein, daß ihr der Cafébetrieb auch eines Tages zur lästigen Gewohnheit werden würde und sie sich dann glücklichschätzte, daß daneben noch etwas anderes existierte, doch im Moment vermißte sie nichts; was sie vermißte, waren echte Fachgespräche, von denen sie Anregungen bekäme, die ihr weiterhelfen würden und sie irgendwie aufbauten. Sie stand buchstäblich alleine da, alles mußte sie sich erst mühsam erarbeiten; die Wirtsleute, die sie anfangs einige Male um Rat gefragt hatte, waren inzwischen auf Weltreise und schrieben ihr aufmunternde Postkarten. Da traf es sie besonders empfindlich, wenn ihr nicht der nötige Respekt entgegengebracht wurde und sie sich veralbert fühlen mußte.

Viktor merkte nichts von ihrer Verstimmung, er hatte unterdessen ein Stück Papier aus seiner Brieftasche genommen und begann zu zeichnen. Es war jetzt nicht der richtige Augenblick, mit ihm zu reden, doch sie würde es irgendwann nachholen müssen, denn sonst bliebe er weiterhin ahnungslos und sie in ihrem Ärger über seine Nichtbeachtung gefangen.

15. Kapitel

Die positiven Signale aus dem Rathaus wurden schwächer und schwächer. Man führte nicht nur keine Entscheidung über den Skulpturenpark herbei, sondern stellte das Projekt sogar ganz in Frage. Erst machte der Sponsor Schwierigkeiten, angeblich war ihm das Geld ausgegangen und ein neuer so schnell nicht aufzutreiben, dann war die Stadt bereit einzuspringen, aber nur in erheblich abgespecktem Umfang, und jetzt standen auch diese Reste zur Disposition, weil man sich über die Finanzierung nicht einig wurde. Auf Viktor hatte diese Entwicklung verheerende Auswirkungen; er fühlte sich um seine verdiente Anerkennung betrogen und fiel in eine tiefe Niedergeschlagenheit. All seine hochfliegenden Pläne sah er mit einem Schlag zunichte gemacht, was er sich erträumte und erhoffte in unerreichbare Ferne gerückt. Er verkroch sich in seiner Werkstatt, war tagelang nicht ansprechbar, reagierte auf Fragen entweder gereizt oder überhaupt nicht. Erst allmählich war mit ihm wieder ein normales Gespräch möglich, normal in dem Sinne, daß sie alles tat, um ihn von der Meinung abzubringen, daß ihm sämtliche Felle weggeschwommen seien. Wieder und wieder suchte sie ihn dafür zu gewinnen, daß es nicht unwahrscheinlich sei, auch mit einem weniger großzügigen Entwurf soviel Renommee einzuheimsen, daß sein Bekanntheitsgrad nicht auf ein paar „Marktflecken" beschränkt bleiben müsse.

„Ja, ja, du magst ja recht haben", gab er ihr zur Antwort, „es ist nun mal leider so, daß du nicht mit zwei oder drei Figuren Aufmerksamkeit erregst, sondern nur mit etwas Spektakulärem. Und in heutiger Zeit, wo alles spart, wäre ein Skulpturenpark wirklich etwas Spektakuläres. Das erkennen diese Brüder natürlich nicht. Die haben keinen Sinn dafür, wie man mit einem positiven Image für die Stadt werben könnte. Wer investiert denn heute noch in Kunst? Das würde sich doch im Nu rumsprechen, und ihre blöde Stadt wäre in aller Munde."

„Als Bildhauer bist du verdammt abhängig von öffentlichen Aufträgen ..."

„... und abhängig von irgendwelchen Fritzen, für die Bildhauerei eine absolute Nebensächlichkeit ist, für die es sich nicht lohnt, Geld auszugeben. Wenn das so weitergeht, wird das ein aussterbendes Gewerbe, von dem in fünfzig Jahren kein Mensch mehr eine Ahnung hat."

„Hat man es als Maler leichter?"

„Schwer zu sagen – du brauchst natürlich auch als Maler eine Portion Glück, einen Galeristen, der dich ausstellt, ein paar Leute, die für dich die Werbetrommel rühren – aber unbestreitbar ist, daß es viel mehr reiche Privatleute gibt, die sich Bilder in ihre Häuser hängen, als öffentliche Auftraggeber, die meinen, wenn eine schöne Brunnenfigur ihren Marktplatz schmückt, dann reicht das."

„Willst du noch nach Italien?"

„Unter diesen Umständen? – nein! Ich laufe mir doch nicht vierzehn Tage die Hacken ab, um anschließend zu erfahren: April, April. Unternehmen werde ich erst wieder etwas, wenn ich von denen definitiv höre: Das Projekt ist durch."

Da aber in dieser Richtung nichts geschah, war sie schon froh, als eines Nachmittags Katja im Café erschien und sich anschickte, ein Bild von Viktor zu erwerben. Sie war ganz erstaunt, daß sie als erste zu einem Kauf entschlossen war – „bei der Qualität und den Preisen – verstehe ich nicht!" Weil sie jedoch nicht alleine waren, erwartete sie wohl keine Antwort auf ihre Bemerkung, statt dessen sah sie sich um und flüsterte hinter vorgehaltener Hand: „Müßten um diese Zeit nicht ein paar Leute mehr hier sitzen?"

Mit der Frage hatte sie einen wunden Punkt bei Ina getroffen, denn in der Tat blieben seit etwa einer Woche die Gäste weg – und wieder einmal wurde ihr die Abhängigkeit vom Wetter deutlich vor Augen geführt, denn der ersehnte Sommer entpuppte sich als verspäteter April mit kurzen Aufheiterungen und gleich darauffolgendem ergiebigem Regen. Es regnete zu oft und zu lange, so daß den Leuten die Lust verging, ins Auto zu steigen oder gar in den Bus und zu ihr hinauszufahren. Jetzt blieb ihr nur die Hoffnung, daß dieses Auf und Ab zwischen Regen und Sonne eine vorübergehende Erscheinung blieb und sich nicht zu stabilisieren drohte – mit absehbaren Folgen für ihren Umsatz.

Katja wollte dies so nicht gelten lassen – anstatt nur auf den Wetterbericht zu schielen, solle sie aus ihrer Lage das Positive herausstreichen und damit werben.

„Das tun doch alle heutzutage, und du bist doch ganz besonders darauf angewiesen. Auch bei Regen kann ein Blick ins Grüne sehr schön sein, gerade bei Regen stelle ich mir das sehr romantisch vor." Sie überzeugte sich kurz davon und sagte nur: „Stimmt! – romantischer jedenfalls, als auf eine nasse Autokarawane zu schauen. – Und dann würde ich eine von deinen Süßspeisen hervorheben – mit Worten oder so fotografiert, daß einem das Wasser im Munde zusammenläuft und man nur noch eines will: unbedingt davon zu probieren!"

Den letzten Halbsatz hatte sie wie im Werbefernsehen mit einer derart theatralischen Geste betont, die Ina unwillkürlich zum Lachen reizte und sie sich wünschte, öfter mit Katja zusammenzukommen, denn sie war genau die Person, welche sie in ihrer jetzigen Situation brauchte. Aber das Beste sollte erst noch kommen, als sie ihr nämlich vorschlug, mit einem Bild der Innenräume Reklame zu machen, kam ihr die Idee einer Reportage für die Sonntagsbeilage über traditionelle Cafés – „Und deins gehört doch zweifellos dazu!" Das führte sie auf ein Thema, das sie immer mehr begeisterte und zu dem ihr ständig mehr einfiel.

„Überleg doch mal, in unserer nicht gerade kleinen Stadt gibt es lediglich nur noch zwei, zwei ganze Cafés, wo du noch selbstgebackenen Kuchen bekommst, normalen Kaffee und dich nicht über diese ewig zu laute Musik ärgern mußt. Neulich habe ich erst wieder festgestellt, daß einige der Kuchen, die ich mir manchmal vom Hauptbahnhof mitbringe, es bis in die Theke eines Berliner Cafés geschafft haben. Das kann doch nur heißen, daß wenige Großbäcker ganz Deutschland beliefern. Und deshalb ist es schon nicht unwichtig, daß man diese letzten Oasen mal ein wenig beleuchtet, bevor sie ganz verschwinden."

Am liebsten hätte sie laut geklatscht für dieses leidenschaftliche Plädoyer zugunsten der traditionellen Cafés, bei soviel Engagement mußte man sich ja gut aufgehoben fühlen in ihrer Reportage, für die Katja noch ein besonders schönes Foto versprach: „Ich weiß auch schon, von welcher Stelle wir es aufnehmen werden: Ein Stück des Türrahmens muß mit drauf, mit Blick auf die hintere Wand, wo Viktors Bilder hängen. Dieses Foto setzen wir groß in die Mitte, die anderen klein drumherum …"

Konnte man sich etwas Besseres wünschen, als diese kostenlose Werbung? Und war Katja nicht auch für Viktor durchaus eine Wohltäterin, immerhin hatte sie ein Bild von ihm gekauft, und seine Galerie würde ebenfalls auf dem Foto in der Zeitung erscheinen. Doch Viktor zeigte sich nicht sonderlich beglückt, offenbar zählte Katja für ihn nicht als ernstzunehmende Käuferin, es war eben nur ein Freundschaftsdienst – mehr nicht. Etwas anderes war es mit dem Zeitungsfoto, aber auch da meinte er nur, daß die volle Schärfe seine Bilder wohl nicht träfe und sie nur den unbestimmten Hintergrund abgeben würden. Was die Reportage für sie bedeutete, konnte oder wollte er nicht ermessen, ihre Befürchtungen hinsichtlich des Regens waren für ihn kein Grund, ängstliche Gedanken zu hegen:

„Dieses Café besteht doch nun schon so lange, das hat auch verregnete Sommer überstanden, und du wirst diesen Sommer auch überstehen. Du mußt dich eben an diese Durststrecken gewöhnen, die wird es immer geben, und bei schönem Wetter holst du wieder rein, was du bei Regen verlierst."

Das klang zwar ganz plausibel, dennoch fehlte ihr so etwas wie Anteilnahme, wirkliche Aufmunterung, aber die war von Viktor offensichtlich nicht zu bekommen. Er betrachtete alles von seiner Warte aus, und das hieß: Wenn ich es schaffe, mich ohne soziale Absicherung durchs Leben zu schlagen, dann ist das anderen auch zuzumuten, und zu den „anderen" gehörte sie eben auch. Ohne eine gewisse Härte wird er nicht ausgekommen sein, und diese Härte war in Momenten spürbar, wo sie sich völlig allein fühlte und er von ihr weiter weg war denn je. Ob sich das jemals ändern würde, daran glaubte sie nicht so recht, er war viel zu sehr an ihre rückhaltlose Wertschätzung seiner künstlerischen Tätigkeit gewöhnt, was sie machte, würde immer zweite Geige spielen, wenn überhaupt. Sie konnte ihn schließlich nicht zwingen, sich für kaufmännische Dinge zu interessieren, sie mußte akzeptieren, daß außerhalb seiner Bildhauerei und Malerei für anderes kaum Platz war. Wenn sie das nicht ertrug … Sollte sie es wirklich darauf ankommen lassen? Dazu war sie denn doch nicht bereit, dagegen sträubte sie sich innerlich – sie würde also in den nächsten Tagen mit Viktor nach Berlin reisen, weil er mal auf andere Gedanken kommen müsse und bei dem Regen ohnehin kein Mensch zu ihr rausfahre.